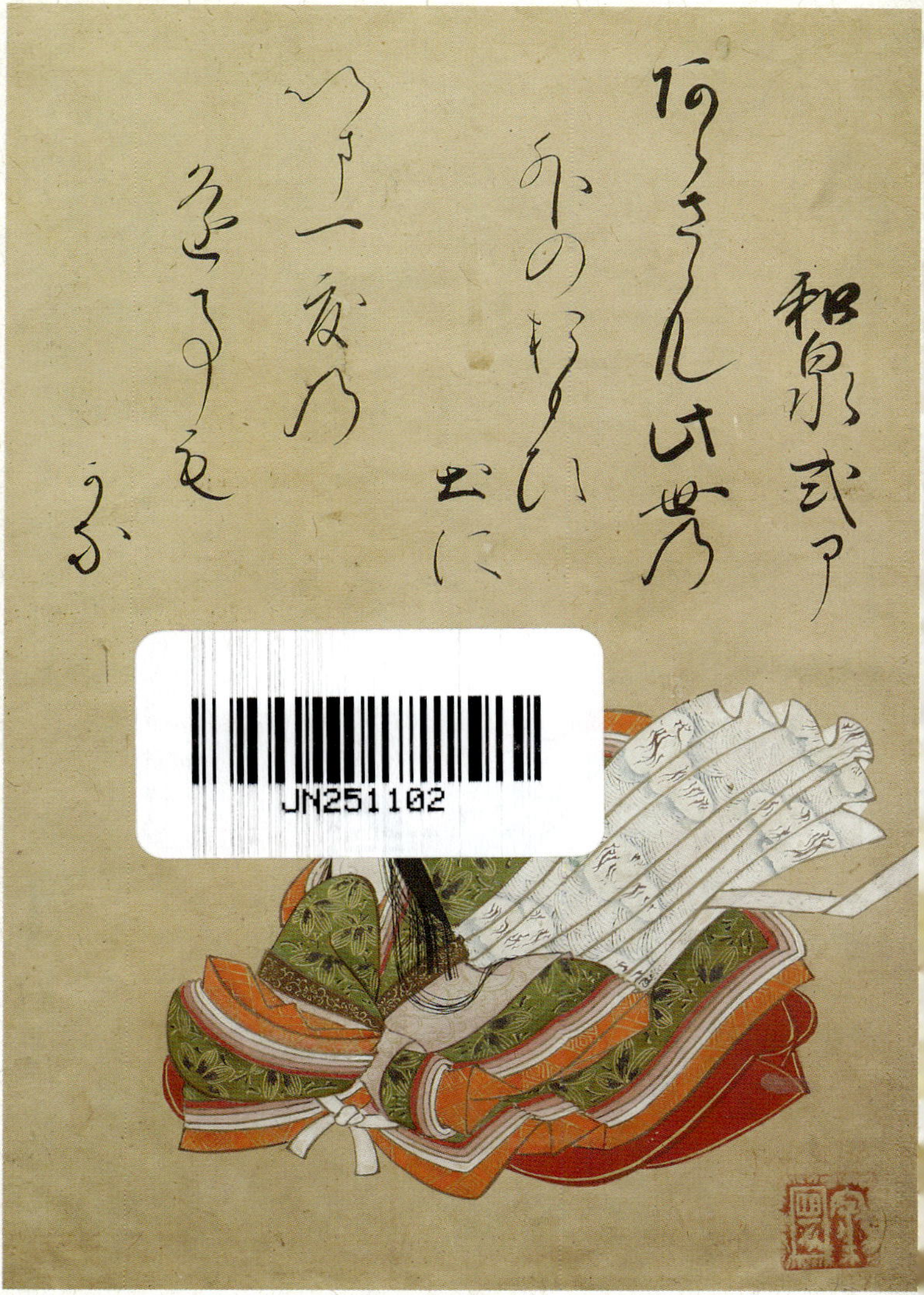

『百人一首手鑑《ひゃくにんいっしゅてかがみ》 和泉式部《いずみしきぶ》（江戸時代）』

長谷川宗圜画。『百人一首手鑑』に描かれる歌人たちは、まるでモデルがいたかのようにリアルである。平安時代当時、恋多き女性として噂された和泉式部だが、妖艶なエピソードに反して、奥ゆかしい女性として描かれている（小倉百人一首殿堂「時雨殿」蔵）。

『明月記《めいげつき》（複製）』

百人一首の選者である藤原定家の日記で、漢文で記されている。『明月記』という名は定家がつけたものではなく、後世に用いられ、定着した。自筆原本のほとんどは、冷泉家時雨亭文庫に所蔵されている（小倉百人一首殿堂「時雨殿」蔵）。

『三十六《さんじゅうろっ》歌仙《かせん》図《ず》屏風《びょうぶ》』

①藤原敦忠　②在原業平　③藤原兼輔　④凡河内躬恒か　⑤藤原清正　⑥柿本人麻呂　⑦平兼盛　⑧源公忠　⑨壬生忠岑　⑩山部赤人　⑪藤原高光　⑫清原元輔　⑬藤原興風　⑭大伴家持　⑮素性法師　⑯藤原仲文　⑰壬生忠見　⑱大中臣能宣　⑲猿丸大夫か　⑳藤原元真　㉑源順　㉒藤原敏行　㉓紀友則　㉔源信明　㉕源宗于　㉖藤原朝忠　㉗僧正遍昭　㉘源重之　㉙坂上是則　㉚紀貫之　㉛大中臣頼基　ⓐ斎宮女御　ⓑⓒⓓⓔは、小野小町、伊勢、小大君、中務のいずれかとされる。（参考：『特別展琳派　美の継承―宗達・光琳・抱一・其一』名古屋市博物館）

江戸時代後期の絵師・酒井抱一画。この絵は、抱一が私淑した尾形光琳の『三十六歌仙図』を模写したものである。絵に登場する人物は35人で、残る1人の斎宮女御は几帳の裏に隠れている（Bridgeman Images/アフロ提供）。

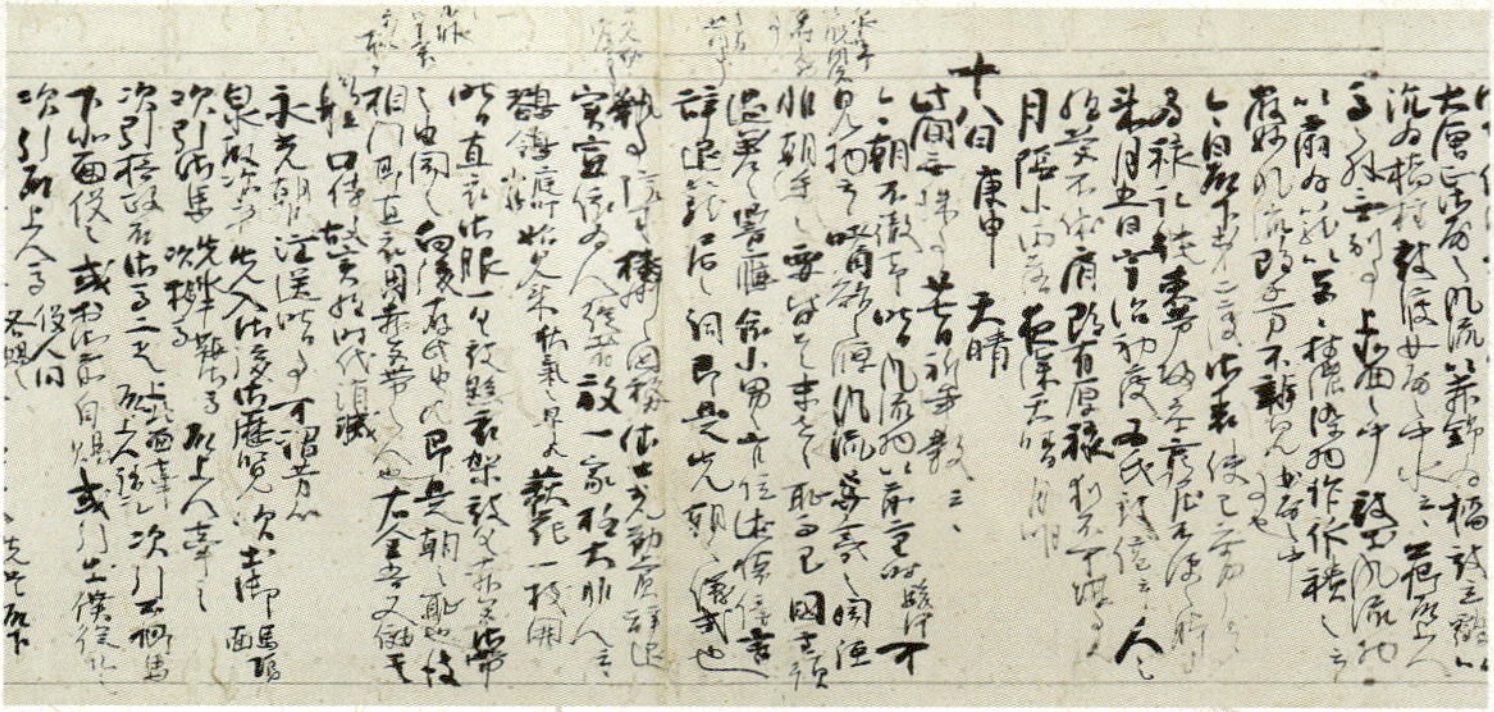
十八日　庚申　天晴

厭離庵《えんりあん》

臨済宗天龍寺派の寺院で、藤原定家が百人一首を撰出した小倉山荘の跡地とされる。現在、厭離庵は非公開とされているが、紅葉の見頃の時期のみ、公開されている。（首藤光一 / アフロ提供）

逢坂山関址《おうさかやませきあと》

逢坂関は東海道、東山道、北陸道という三つの幹線道路が交わる交通の要衝だった。その字から男女が逢うという連想が生まれ、和歌の歌枕に使われる。百人一首では、逢坂関を歌枕にした歌が二首収録されている。

図説

どこから読んでも想いがつのる！

恋の百人一首

吉海直人［監修］

青春新書

INTELLIGENCE

はじめに

以前、私は「恋歌《こいうた》としての百人一首《ひゃくにんいっしゅ》」という論文を書いたことがあります。百人一首は原則として勅撰集《ちょくせんしゅう》に掲載されている歌から選んでいるのですが、その勅撰集に戻って部立《ぶだて》を調べてみると、恋部《こいぶ》に配列されている歌が四三首もあることがわかります。四季の歌でさえ三二首ですから、いかに恋歌が多いか納得されると思います。

それだけではありません。部立が恋部でなくても、恋歌として十分通用する歌が他にたくさんあります。

たとえば小野小町《おののこまち》の「花《はな》の色《いろ》はうつりにけりないたづらに　わが身世《みよ》にふるながめせしまに」は『古今和歌集《こきんわかしゅう》』では春部《はるぶ》に配列されていますが、これを恋歌と見ることに異論はないはずです。また周防内侍《すおうのないし》の「春《はる》の夜《よ》は夢《ゆめ》ばかりなる手枕《たまくら》に　かひなく立《た》たむ名《な》こそをしけれ」は『千載集《せんざいしゅう》』では雑部《ぞうぶ》にありますが、むしろ恋歌とするほうが自然ではないでしょうか。

そんなわけで、私は百人一首中の七〇首以上は恋歌といえると思っています（本書では、うち五〇首を恋歌に分類して紹介しました）。また、だからこそ私は百人一首の特徴として、積極的に恋歌を推奨《すいしょう》しているのです。

ただし一般読者が陥りやすい落し穴もあります。みなさんは恋の歌を見ると、すぐに作者の実人生と結びつけてはいませんか。しかしながら平安時代には題詠《だいえい》、つまり題を与えられてそれにふさわしい歌を詠《よ》むということが少なくありませんでした。ですから実際に恋していなくても恋歌が詠めるのです。天徳内裏歌合《てんとくだいりうたあわせ》で大勝負となった平兼盛《たいらのかねもり》の「忍《しの》ぶれど～」歌と壬生忠見《みぶのただみ》の「恋《こい》すてふ～」歌は、その典型です。

もっと言えば、作者の年齢もそして性別も関係ありません。素性法師《そせいほうし》など男でありしかも僧侶でありながら、女の立場から「今来《いまこ》むと～」歌を詠んでいます。藤原定家《ふじわらのていか》の「来《こ》ぬ人《ひと》を～」歌も同様です。

こんなことを言うとがっかりされる方もいらっしゃるかもしれませんが、年齢や性別などの現実から超越して、想像の世界のなかで恋歌を味わうというのも悪くないと思いませんか。それこそ平安時代の文学と上手におつきあいする手法なのです。

同志社女子大学　吉海直人

図説 どこから読んでも想いがつのる！ 恋の百人一首●目次

はじめに 3

序章 百人一首と恋 13

百人一首とは 勅撰集から選び抜かれた一〇〇首を収録した名歌集 14

恋と和歌の関係 恋愛成就のために必須とされた和歌の教養 17

結婚に重きを置かない自由な恋愛 飛鳥から奈良の恋愛事情 20

顔を知らない相手との恋 平安貴族の恋愛模様 22

こらむ　宮中恋愛スキャンダル一　花山天皇が即位式で見せた暴挙　26

第一章　切なさあふれる片想いの歌　27

花の色はうつりにけりないたづらに　わが身世にふるながめせしまに　小野小町　28
陸奥のしのぶもぢずり誰ゆゑに　乱れそめにし我ならなくに　河原左大臣　32
浅茅生のをののしの原忍ぶれど　あまりてなどか人の恋しき　参議等　36
みかの原わきて流るるいづみ川　いつ見きとてか恋しかるらむ　藤原兼輔　38
忍ぶれど色に出でにけりわが恋は　物や思ふと人の問ふまで　平兼盛　40
恋すてふ我が名はまだき立ちにけり　人知れずこそ思ひそめしか　壬生忠見　42

あしびきの山鳥の尾のしだり尾の　長々し夜をひとりかもねむ　柿本人丸　44
住の江の岸による波よるさへや　夢のかよひ路人目よくらむ　藤原敏行朝臣　46
風をいたみ岩うつ波のおのれのみ　くだけてものを思ふころかな　源重之　48
由良の門を渡る舟人かぢを絶え　行方も知らぬ恋の道かな　曾禰好忠　50
名にし負はば逢坂山のさねかづら　人にしられで来るよしもがな　三条右大臣　52
かくとだにえやはいぶきのさしも草　さしも知らじな燃ゆる思ひを　藤原実方朝臣　54
やすらはで寝なましものを小夜更けて　かたぶくまでの月を見しかな　赤染衛門　58
嘆けとて月やは物を思はする　かこち顔なるわが涙かな　西行法師　62
玉の緒よ絶えなば絶えねながらへば　忍ぶることの弱りもぞする　式子内親王　66
見せばやな雄島のあまの袖だにも　濡れにぞ濡れし色はかはらず　殷富門院大輔　70

わが袖は潮干にみえぬ沖の石の　人こそしらねかわくまもなし　二条院讃岐　72
こらむ　宮中恋愛スキャンダル㈡　在原業平が贈ったひじきに託された想い　74

第二章　激情ほとばしる愛の歌　75

筑波嶺のみねより落つるみなの川　恋ぞつもりて淵となりぬる　陽成院　76
君がため春の野に出でて若菜摘む　わが衣手に雪は降りつつ　光孝天皇　78
わびぬれば今はたおなじ難波なる　みをつくしても逢はむとぞ思ふ　元良親王　82

有明のつれなく見えし別れより　あかつきばかりうきものはなし　壬生忠岑　86
人はいさ心も知らずふるさとは　花ぞ昔の香に匂ひける　紀貫之　88
逢ひ見ての後の心にくらぶれば　昔は物を思はざりけり　権中納言敦忠　92
みかきもりゑじのたく火の夜は燃え　昼は消えつつ物をこそ思へ　大中臣能宣朝臣　94
君がため惜しからざりしいのちさへ　長くもがなと思ひけるかな　藤原義孝　96
明けぬれば暮るるものとは知りながら　なほうらめしき朝ぼらけかな　藤原道信朝臣　98
忘れじの行く末まではかたければ　今日を限りの命ともがな　儀同三司母　100
有馬山猪名の笹原風吹けば　いでそよ人を忘れやはする　大弐三位　104
夜をこめて鳥の空音ははかるとも　よに逢坂の関はゆるさじ　清少納言　106
今はただ思ひ絶えなむとばかりを　人づてならでいふよしもがな　左京大夫道雅　110

憂かりける人を初瀬の山おろしよ　はげしかれとは祈らぬものを　源俊頼朝臣　114
瀬をはやみ岩にせかるる滝川の　われても末に逢はむとぞ思ふ　崇徳院　116
長からむ心も知らず黒髪の　乱れて今朝はものをこそ思へ　待賢門院堀河　118
来ぬ人をまつほの浦の夕なぎに　焼くやもしほの身もこがれつつ　権中納言定家　120
こらむ　宮中恋愛スキャンダル㊂　道鏡と孝謙天皇の熟年の恋　124
第三章　愛憎うず巻く終わりの恋の歌　125
難波潟みじかき蘆のふしのまも　逢はでこの世をすぐしてよとや　伊勢　126

今来むといひしばかりに長月の　有明の月を待ちいでつるかな　素性法師　130
忘らるる身をば思はずちかひてし　人の命の惜しくもあるかな　右近　132
契りきなかたみに袖をしぼりつつ　末の松山波越さじとは　清原元輔　136
逢ふことの絶えてしなくはなかなかに　人をも身をも恨みざらまし　中納言朝忠　138
あはれとも言ふべき人は思ほえで　身のいたづらになりぬべきかな　謙徳公　140
八重むぐら茂れる宿の寂しきに　人こそ見えね秋は来にけり　恵慶法師　142
なげきつつ独ぬる夜の明くるまは　いかに久しきものとかはしる　右大将道綱母　146
あらざらむこの世のほかの思ひ出に　いまひとたびの逢ふこともがな　和泉式部　150
恨みわびほさぬ袖だにあるものを　恋に朽ちなむ名こそ惜しけれ　相模　154
音に聞く高師の浜のあだ波は　かけじや袖のぬれもこそすれ　祐子内親王家紀伊　156

春の夜の夢ばかりなる手枕に　かひなく立たむ名こそをしけれ　周防内侍　158
契りおきしさせもが露を命にて　あはれ今年の秋もいぬめり　藤原基俊　162
思ひわびさても命はあるものを　憂きにたへぬは涙なりけり　道因法師　164
夜もすがら物思ふころは明けやらで　閨のひまさへつれなかりけり　俊恵法師　166
難波江の蘆のかりねのひとよゆゑ　みをつくしてやこひわたるべき　皇嘉門院別当　168

付章　恋歌をのぞいた百人一首の歌一覧　170

カバー写真提供：作野周史／アフロ
帯イラスト：三好載克
本文写真提供：国立国会図書館、フォトリア、フォトライブラリー
本文デザイン・DTP：ハッシィ

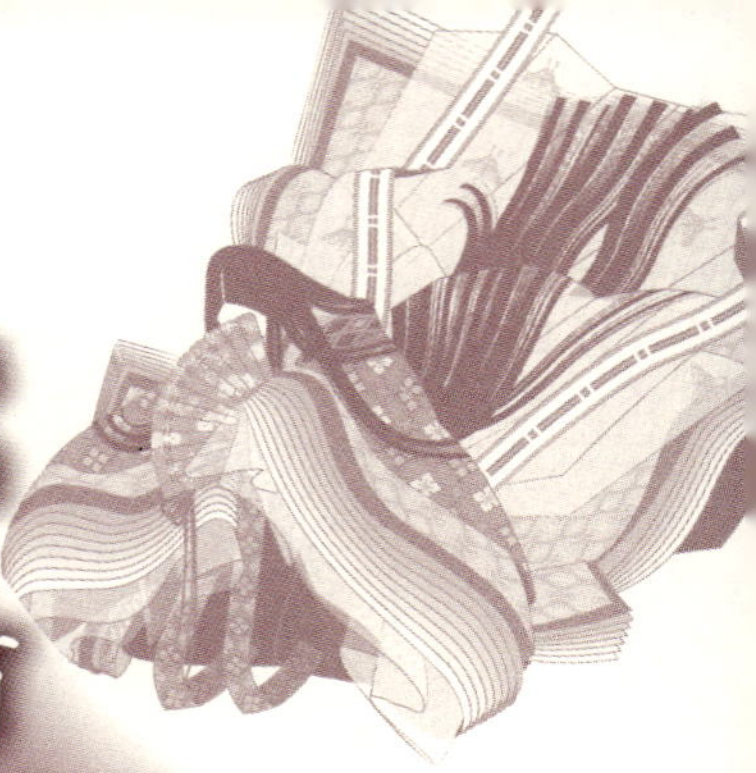

序章

百人一首と恋

百人一首とは

——勅撰集から選び抜かれた一〇〇首を収録した名歌集

別荘の襖を飾る色紙が原型

百人一首《ひゃくにんいっしゅ》は、飛鳥《あすか》時代から鎌倉《かまくら》時代初期までの代表的な歌人から一〇〇人を選び、それぞれの代表作を一首ずつ、計一〇〇首の歌を集めた秀歌撰《しゅうかせん》である。

収録された歌は、いずれも『古今和歌集《こきんわかしゅう》』以下の勅撰集《ちょくせんしゅう》（天皇や上皇の命で編纂《へんさん》された書）に収録されている名歌で、「恋」「四季」「羇旅《きりょ》（旅の歌）」「離別《りべつ》」「雑部《ぞうぶ》」に分類される。

そのなかでもっとも多いのが「恋」の歌で、一〇〇首のうち四三首を占めている。

撰者の藤原定家《ふじわらのていか》は平安《へいあん》時代末期に歌道《かどう》の名門家に生まれ、活躍した歌人である。定家の日記『明月記《めいげつき》』によれば、鎌倉幕府の武将・宇都宮頼綱《うつのみやよりつな》から別荘の襖《ふすま》に貼《は》る色紙（小倉《おぐら》色紙）をつくってほしいとの依頼を受け、歌人とその代表作を選び、書き贈ったという。

これが百人一首の原型とされている。

百人一首かるた

100枚の読み札と100枚のとり札の計200枚からなる。江戸期のかるたは、読み札に歌人と上の句が、とり札に下の句が記されていた。

ただし、このとき定家が撰出した歌は、現在の百人一首と同じではなかったようだ。定家は撰んだ歌について「古来の人の歌各一首、天智《てんじ》天皇より以来、家隆《いえたか》、雅経《まさつね》に及ぶ」と記しているが、それが一〇〇首だとは限定していない。

また、セレクトされた歌人も不一致が見られる。現在の百人一首は、一番の天智天皇から九九番の後鳥羽院《ごとばいん》、一〇〇番の順徳院《じゅんとくいん》まで、約五六〇年のあいだの歌人が、ほぼ時代順に配列されている。

前述の通り、『明月記』の記述によれば、九九番が藤原家隆、一〇〇番が雅経となるはずであり、歌人が異なる。この疑問を解く手がかりとされるのが、一九五一（昭和二六）年に発見された『百人秀歌《ひゃくにんしゅうか》』であるといわれている。

これも定家の秀歌撰で、百人一首のうち三首が欠けて別の四首が入っており、全体が百一首あること、歌人の配列が違っていることを除けば、同じ内容となっている。

どちらが先に成立したのか、なぜ違いがあるのかなど疑問は多く、両者の関係性についてはいまだ謎が多いが、何度かの改訂や差し替えが行なわれて、現在に伝わる百人一首になったものと考えられている。

続々と誕生した百人一首

定家が考えた一〇〇人の歌人の歌を集める趣向はのちに流行し、武将の歌を集めた百人一首や、女流歌人の歌を集めた百人一首など、さまざまな百人一首が登場した。定家の百人一首はそれらの元祖であり、ほかのものと区別するために、定家の別荘のあった地名にちなみ『小倉百人一首』と呼ばれている。

中世から近代にかけての人々にとって、和歌は必要不可欠な教養であり、楽しみでもあった。定家の百人一首は、その入門書や教材となり、ことに武家の奥方《おくがた》や娘たちのあいだでお手本とされたようだ。さらに江戸時代になると「かるた」の形になって、庶民にまで広がることとなった。

恋と和歌の関係
——恋愛成就のために必須とされた和歌の教養

農民の歌から貴族の歌へ

和歌は、漢詩文に対する日本固有の詩歌《しいか》である。五音と七音の組み合わせを用いた歌で、長歌《ちょうか》・短歌《たんか》・旋頭歌《せどうか》などさまざまな形があるが、やがて五・七・五・七・七の短歌がおもに和歌と称されるようになった。

和歌と聞くと貴族がつくるものというイメージが強いが、そもそものはじまりは飛鳥時代頃の農民たちのあいだで、感情をあらわすために自然発生的に生じたものと考えられている。

時代が下り、奈良時代から平安時代になると、和歌の詠《よ》み手は貴族の男女へ移動する。これは娘を天皇の妃《きさき》とし、その外戚《がいせき》となって実権を握る摂関《せっかん》政治において、宮中《きゅうちゅう》の女性の地位が高まり、男女がともに享受《きょうじゅ》する文化として奨励されたためと考えられている。

和歌が貴族のものになるにつれ、その存在価値は高まった。そして一〇世紀初頭には、天皇の命による日本で最初の勅撰集『古今和歌集』が編纂されたのである。

『古今和歌集』は全二〇巻からなる。そのうち六巻が四季の歌で、春から冬にかけて順に並び、五巻が恋の歌で恋のはじまりから終わりへという順で編成されている。そのほかは、賀歌《がか》と呼ばれる祝い歌や、羈旅歌という旅の歌からなり、『古今和歌集』とそれに続けて編纂された勅撰和歌集が、日本人の季節感や恋愛意識を形にしたといえるだろう。

そして、百人一首は、『万葉集《まんようしゅう》』やこれら勅撰和歌集のなかから、さらに秀歌を選《え》りすぐった、日本人の美意識のエッセンスなのである。

日常生活に溶け込んだ和歌

平安時代の貴族のあいだでは、日常会話においても有名な和歌が頻繁《ひんぱん》に引用され、上の句を詠まれたら素早く下の句を返すといったやりとりが見られた。そして、それに応じられない者は、男女を問わず教養がないと見なされたのである。

さらにこの時代の貴族は、和歌の知識を持たず、上手につくれないようでは、恋を実らせることすらできなかった。

当時、貴族の恋は手紙ではじまるのが基本だった。そのため男性は歌をラブレター代わりに女性に贈り、女性も歌を返事代わりに贈る。こうしたやりとりを繰り返すなかで、男性も女性も相手の素養を確かめ、交際に発展させるべきか否かを判断したのである。

　貴族の家に生まれた女性は、一〇歳頃から和歌を勉強した。手習いとして有名な和歌を書き写し、できるだけ多くの和歌を暗記した。さらにそれを応用し、場に合わせた歌を素早く作れるのが女性の嗜《たしな》みとされ、よい伴侶《はんりょ》を得るための近道と考えられたのである。

　では、次項からは、百人一首の時代である古代から中世にかけての日本の恋愛事情と結婚史を見ていきたい。

和歌の変遷

飛鳥時代
生活のなかで生まれた感情を詠む
農民
奈良時代
文化や教養として歌を詠む
貴族
平安時代
貴族
愛を育む手段として詠む

農民間で自然発生的に生まれた和歌はやがて貴族のものになり、制限の多い彼らにとって恋を成就させるためのアイテムとなった。

結婚に重きを置かない自由な恋愛
――飛鳥から奈良の恋愛事情

開放的な恋愛を楽しんだ古代の男女

原始時代の日本では、男女が自由に性関係を持つ自由恋愛が採《と》られていた。恋愛と結婚はほぼイコールであり、夫婦は同居せず、生まれた子どもは母親の家で育てられる母系社会が形成されていた。当初の恋愛と結婚は同じ集落内でのみ見られたが、やがて異なる集落の男女間でも行なわれるようになった。

飛鳥時代から奈良時代にかけての万葉期も、恋愛は比較的自由だった。当時の男女の出会いの場としてあげられるのが、「歌垣《うたがき》」である。これは豊饒《ほうじょう》祈願《きがん》や収穫感謝《しゅうかくかんしゃ》の祭りの夜に、未婚の男女が集まって相互に歌でかけ合いをしつつ、恋の相手を見つけるイベントのようなもので、現在のコンパに相当する。互いの了承があれば、その場から離れて物陰で交わることも珍しくなく、ここで親密になった男女は公認の仲と見なされたという。

筑波山

『常陸国風土記』によれば、筑波山は男女の出会いの場として歌垣が催される舞台の代表例であった。

恋が実った男女は結婚へと進む。当時は男性が女性にプロポーズをするのが普通で、結婚の申し込みを「妻問《つまどい》」といった。歌垣の場でなくとも、男性が女性に歌を贈り、女性が歌を返せば結婚と見なされたり、男性が女性の家の戸口や窓の隙間《すきま》から呼びかけ、女性がこれを受け容れれば結婚成立となることもあった。この呼びかけを「呼《よ》ばふ」といい、のちに男性が女性を求めることを「よばい」と呼ぶようになった。なお、「夜《よ》這《ば》い」と書くのは、後世《こうせい》のあて字である。

この時代の男女も、結婚後は同居せず、男性が夜だけ女性のもとに通う「妻問婚」の形がとられた。離婚や再婚も珍しくなく、男女のどちらも、複数の相手と結婚したという。

だが上層の階級では、次第に結婚の形式が定められていく。唐《とう》の民法をとり入れ、結婚が許されるのは男子一五歳、女子一三歳からとし、皇族と臣下の通い婚は禁止、父母や夫の喪《も》中《ちゅう》は嫁とりができないなどの決まりがつくられたのである。

顔を知らない相手との恋
——平安貴族の恋愛模様

歌と手紙で気持ちを伝える

平安時代は、日本の恋愛史における一つの転換期といえるだろう。貴族の生活は制限が多く、とくに女性は原則的に外出ができなかったためだ。

外出の制限に加え、自分の姿を家族以外の男性に見せることも禁じられていたため、男女が顔を合わす機会などなかったのである。

では、どうやって恋が生まれたのか。それは、噂《うわさ》である。男性は、「どこそこの姫は美しい」「誰それの娘は見事な歌を詠《よ》む」など、女性の容姿や教養、人柄などの噂を伝え聞いては、簡単に恋に落ちたのである。

当然、アプローチするのは男性側で、気になる女性がいれば、まずは歌を贈る。第一印象を大事にするためか、本人の自作に限らず、和歌の巧《たく》みな者に代作させたり、字の上手な者に代筆させることも少なくなかったようだ。

受けとる側はどうするかというと、女性本人ではなく、母親や仕《つか》えている女房《にょうぼう》たちが最初に和歌を見るのが当たり前だった。

母親にとって娘の恋愛が心配なのは現代も同じだが、当時の男性は、女性の実家の経済力を頼りにすることが多かった。侍女《じじょ》にとっても女主人の恋愛は、自分の今後の生活を左右する重大事である。望ましい夫であるかどうか、贈られてきた歌の内容はもちろん、字の美しさや紙のセンスまでが吟味《ぎんみ》された。

結婚前は女性優位で、結婚後は男性優位

その上で、「これ」という男性から歌が届くと、返事を書くよう家族や女房が促《うなが》した。だが、簡単に女性自身が返事をしてはいけなかった。

三度歌を送られてやっと返したり、返事をしても歌ではなく、相手の誠意を疑うような一言をポツンと返す程度で、男性に気を持たせた。その後、母親なり女房なりが和歌を代作して返事とし、それを何度か繰り返して、やっと女性の自作・自筆の歌を贈るのが、品のある対応とされた。

相手との距離が縮まれば、次はデートとなるが、もちろん二人でどこかに出かけること

はない。デートの場所は女性の家で、日が落ちて暗くなってから男性は裏口を通ってこっそり室内に入るのである。

だが、ここでも確実に女性に会えるとはかぎらない。御簾《みす》を隔《へだ》てて会話をできればまだよいが、シルエットが見えるだけで、男性の問いかけに対し、返事をするのは女房ということもあった。

こうした試練を繰り返し、やっと一夜を共にしたとき、男性ははじめて女性の顔を目にできる。だが、夜明け前の暗いうちに家を出るのが決まりで、白昼のもとで素顔を見ることは叶《かな》わない。

それ故、想いを遂《と》げたはいいが、女性の不器量《ぶきりょう》に驚き、男性が逃げ帰るということもあった。紫式部《むらさきしきぶ》の『源氏物語《げんじものがたり》』には、末摘花《すえつむはな》という想い人と一夜を過ごした源氏が、はじめて彼女の顔を見て仰天する話がある。

さらに、共に過ごした翌朝は、相手の女性に「後朝《きぬぎぬ》の文《ふみ》」と呼ばれる歌と手紙を送るのがマナーとされた。それも、できるだけ素早く送るのがよしとされたため、男性は帰宅後すぐに送らなくてはならず、女性は今か今かと歌の到着を心待ちにした。

結婚は、男性が女性の家を三晩にわたって連続で訪れることで成立した。言い換えれば、一夜、二夜だけでは遊びの関係に過ぎない。三日目の夜に、女性の家では宴会が開かれ、男性が身内に紹介されると、晴れて婿《むこ》と認められるのである。

このように平安時代の男性は、結婚まで大変な苦労を強《し》いられたが、結婚したあとは立場が逆転した。依然として通い婚が採用されていたほか、一夫多妻が公認されていたため、妻が夫の訪れをただ待つだけしかできないのに対して夫は、自由に女性のもとを訪れることができたのである。

百人一首に詠まれている女性の恋歌《こいうた》の多くが、相手の心変わりを嘆《なげ》き、待ち続ける切《せつ》なさを歌ったものであるのは、そのためである。

他方、男性側は秘めた恋心の切なさを詠んだものが多い。

次章からはいよいよ、百人一首に収録された恋歌を見ていこう。

『源氏物語』「若紫」

光源氏が幼い紫の上をかいま見している場面。女性と相対する機会のない男性たちは、ときどきこうして姿を盗み見した（国立国会図書館蔵）。

花山天皇が即位式で見せた暴挙

六三代冷泉天皇（九五〇～一〇一一年）の第一皇子として生まれた花山《かざん》天皇（九六八～一〇〇八年）は、歴代天皇のなかでももっとも好色な天皇との呼び声が高い。

熱しやすく冷めやすいところがあったといわれ、それをあらわすエピソードが即位式に見られる。

式の開始を高御座《たかみくら》で待っていた天皇は、そこで馬内侍《うまのないし》という名の美しい女官《にょかん》に目を付ける。そこであっという間に高御座に引きずり込むと、式典の只中《ただなか》だというのに交わったという。高御座は帳《とばり》が下がっていて、その内部は隠されているとはいえ、冠の鈴《すず》などが音を立てるのを耳にした家臣は驚いた。玉座のなかを伺おうとしたところ、手で追い払われたため、家臣は式典をそのまま進めたという。

この語は『江談抄《ごうだんしょう》』の冒頭に見られるもの。好色の天皇とはいえ、即位という重大な儀式でのできごとに、周囲が慌てたのも無理はない。

なお、花山天皇は十九歳のときに藤原兼家《ふじわらのかねいえ》の陰謀により出家している（『大鏡《おおかがみ》』）。法皇《ほうおう》となったのちの花山院は、摂津国《せっつのくに》や紀伊国熊野《きいのくにくまの》で観音霊場《かんのんれいじょう》を巡礼するなどして修行にはげみ、法力《ほうりき》を手に入れたと伝わる。

第一章

切なさあふれる片想いの歌

花《はな》の色《いろ》はうつりにけりないたづらに
わが身世《みよ》にふるながめせしまに
小野小町《おののこまち》

春の長雨が降り続くあいだに、桜の花の色は色あせてしまいました。ぼんやりと思い悩んでいるあいだに私の容色も衰えてしまいました。

日本を代表する絶世の美女

色香《いろか》があせていく花の嘆《なげ》きに寄せて、衰えてゆく容色《ようしょく》をさめざめと嘆く。この歌が人一倍もの悲しさを誘うのは、絶世《ぜっせい》の美女とたたえられた小野小町《おののこまち》の作品であるためだろう。

小野小町は六歌仙《ろっかせん》にも選ばれた平安《へいあん》初期の女流歌人。絶世の美女として知られる彼女は、一説には小野篁《おののたかむら》の孫とも出羽国郡司《でわのくにぐんじ》小野良真の子ともいわれるが、その生涯は謎が多い。

そのなかで、彼女が美女であったのは確かなようで、のちに紀貫之《きのつらゆき》は、『古今和歌集《こきんわかしゅう》』の仮名序《かなじょ》にて、「小野小町は古《いにしえ》の衣通姫《そとおりひめ》の流れなり」と記している。衣通姫は『古事記《こじき》』『日本書紀《にほんしょき》』に伝承される女性で、その美しさが衣を通して光り輝いたといわれる。小町も平安時代の衣通姫に喩《たと》えられるほどの美貌の持ち主だったのだろう。

全国のおもな小町伝説伝承地（京都を除く）

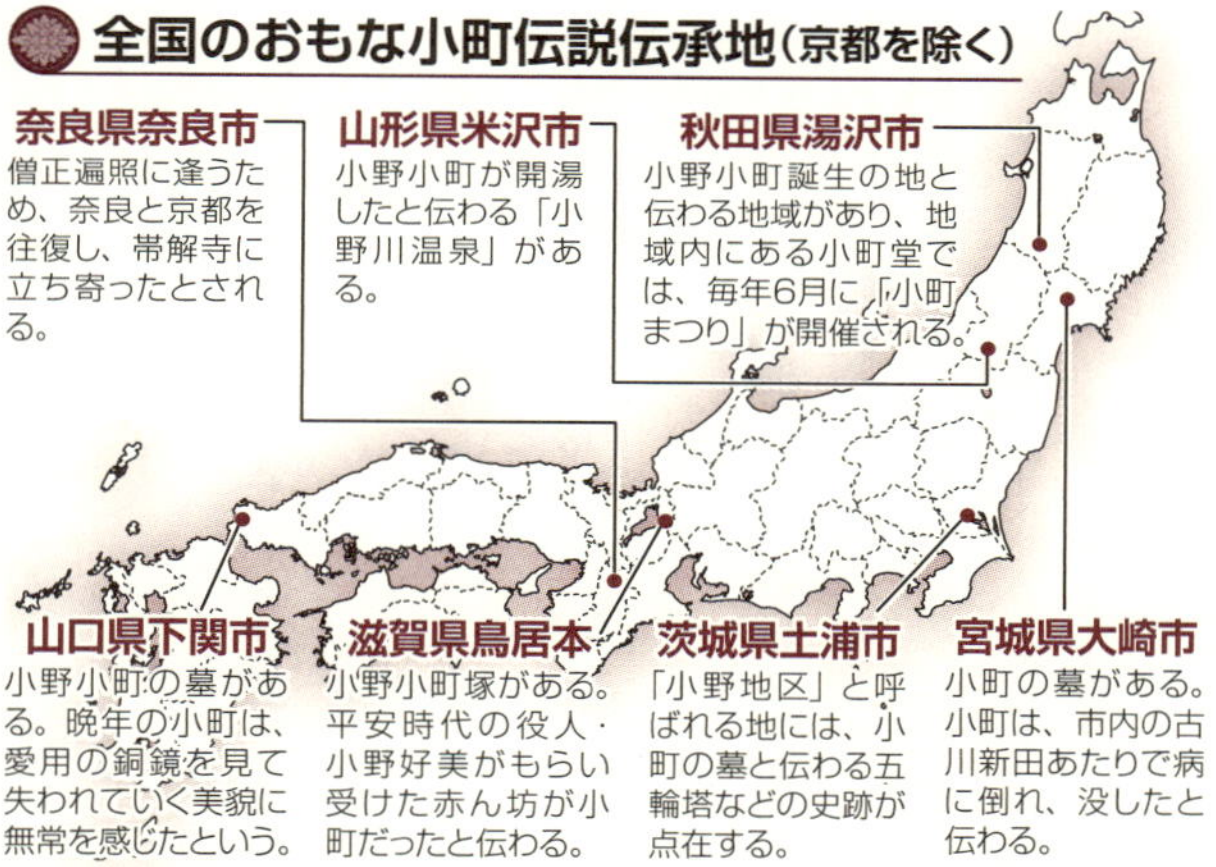
奈良県奈良市
僧正遍照に逢うため、奈良と京都を往復し、帯解寺に立ち寄ったとされる。
山形県米沢市
小野小町が開湯したと伝わる「小野川温泉」がある。
秋田県湯沢市
小野小町誕生の地と伝わる地域があり、地域内にある小町堂では、毎年6月に「小町まつり」が開催される。
山口県下関市
小野小町の墓がある。晩年の小町は、愛用の銅鏡を見て失われていく美貌に無常を感じたという。
滋賀県鳥居本
小野小町塚がある。平安時代の役人・小野好美がもらい受けた赤ん坊が小町だったと伝わる。
茨城県土浦市
「小野地区」と呼ばれる地には、小町の墓と伝わる五輪塔などの史跡が点在する。
宮城県大崎市
小町の墓がある。小町は、市内の古川新田あたりで病に倒れ、没したと伝わる。

晩年の小町は、老いた自身の姿を京都のまちにさらすまいと考え、全国を転々と流浪したという。そのため、各地に小町伝説が残っている。

そのため言い寄る男性は多く、恋愛関係も華やかだったようだ。恋を匂わす数々の歌のやりとりが残っており、皇族の出身で出家《しゅっけ》した良岑宗貞《よしみねのむねさだ》（遍昭《へんじょう》）や、縁者《えんじゃ》・小野貞《さだ》樹《き》、安倍貞行《あべのさだゆき》などと交流を持っていたことがわかる。また、深草少将《ふかくさのしょうしょう》が百夜《ひゃくや》通って口《く》説《ど》いたという伝説も残る。

小野小町の想い人とは

そんな小町も、むくわれない悲恋に胸をこがしたことがあったという説がある。

そのヒントとなるのが、『古今和歌集』に収録される「うつつにはさもこそあらめ夢にさへ　人目をよくと見るがわびしき」という歌である。歌の詞書《ことばがき》（まえがき）には「やむごとなき人のしのび給《たま》ふに」とあり、小町には、夢で逢うことさえはばかられる高貴な恋人がいたと考えられるのだ。そして小町の想《おも》い人《びと》と目される人物は、仁明《にんみょう》天皇ではないかといわれている。

じつは、小町は仁明天皇の更衣《こうい》（天皇の妻妾《さいしょう》のうち、一番下の位）だった小野吉子《きちこ》（あるいはその妹）であったという説があり、天皇の更衣の一人として天皇の寵愛《ちょうあい》を受けていたと考えられているのだ。宮中に出仕《しゅっし》する小町の艶麗《えんれい》な容姿と情熱的な歌が、天皇の心を捉《とら》えた可能性はないとはいえない。

しかし仁明天皇の後宮《こうきゅう》は、当代随一の権力者・藤原良房《ふじわらのよしふさ》の妹の順子《じゅんし》が皇后として君臨し、ライバルも多かった。天皇との逢瀬《おうせ》が順子や藤原一族に阻《はば》まれるうちに天皇の寵愛も薄れていったのだろう。想い人になかなか逢えず、嫉妬《しっと》とひたむきな愛との狭間《はざま》で心が入り乱れた小町は、その想いを「うつつには〜」などいくつかの歌に詠《よ》んだと考えられる。

小町が夢にまで託して想いを寄せた恋は、小町が三〇代の半ばだった八五〇（嘉祥《かしょう》三）年、天皇の崩御《ほうぎょ》とともに終わりを迎えたとされる。

その後の彼女の恋模様はわからない。だが歳月が過ぎ、年老いていくわが身を憂《うれ》いて詠んだのが「花の色は〜」なのである。

小野小町の歌碑

小町の屋敷があったと伝わるゆかりの京都の寺・随心院の境内に建つ小町の歌碑。「花の色は〜」の歌が刻まれている。

小野小町と男たち

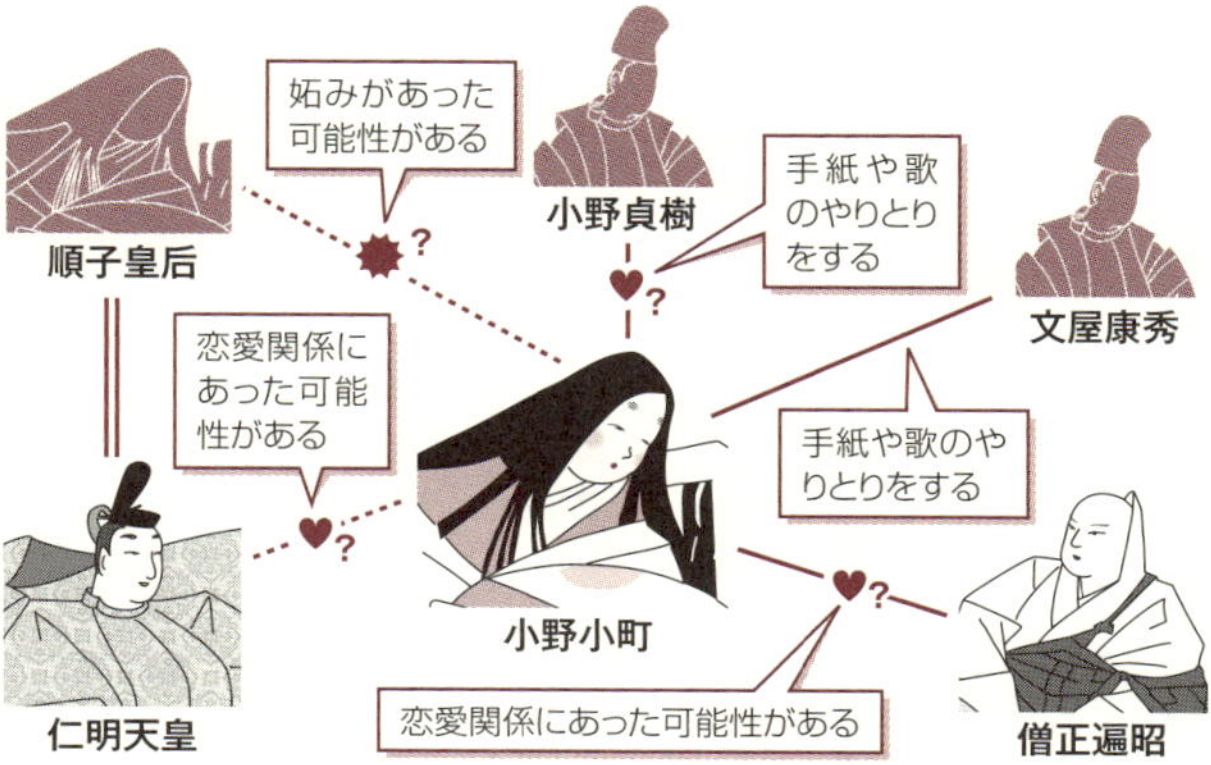

小野小町は生没年をはじめその生涯は謎が多いが、一説によると仁明天皇の更衣であり、寵愛を受けていたと考えられている。

陸奥《みちのく》のしのぶもぢずり誰《たれ》ゆゑに
乱《みだ》れそめにし我《われ》ならなくに

河原左大臣《かわらのさだいじん》

陸奥のしのぶ草のもぢずり模様のようにいったい誰のために心が乱れはじめているのだろう。私ではなくあなたのせいだよ。

光源氏のモデルの一人とされる色男

作者の河原左大臣《かわらのさだいじん》は、本名を源 融《みなもとのとおる》という。貴公子《きこうし》の華麗な恋愛遍歴《へんれき》を描いた『源氏物語《げんじものがたり》』の主人公・光源氏《ひかるげんじ》のモデルの一人とされる人物で、光源氏同様、天皇の皇子《おうじ》という高貴な生まれだった。

源氏姓を与えられて臣籍《しんせき》に下ったため皇位継承権はなかったが、清和《せいわ》天皇から宇多《うだ》天皇までの四代にわたり要職につき、左大臣として権勢を誇った。

融が河原左大臣と呼ばれるのは、東六条《ひがしろくじょう》鴨川《かもがわ》に贅《ぜい》をつくした豪奢《ごうしゃ》な邸宅「河原院《かわらのいん》」を営んだためだ。河原院には多くの皇族・貴族が集まり、幾度となく管絃《かんげん》・詩歌《しいか》などの宴《うたげ》が催された。いわば平安文化の宮廷サロンの中心となっていたのである。

『伊勢物語』

冒頭の部分。文章のはじまりに、「みちのくの〜」の歌が記されていることがわかる（国立国会図書館蔵）。

血筋がよく地位も財力も持ち合わせていた融は、女性関係も華やかで、かなりのプレイボーイだったという。

そうした色男が詠んだ「陸奥《みちのく》の〜」は、愛《いと》しい女性を想い、心乱れる男性の心境を詠んだ歌だが、恋のはじまりに詠まれた歌とも、恋の終焉期に詠まれた歌ともいわれる。じつは歌の一部が伝本によって異なるためで、百人一首や『伊勢物語《いせものがたり》』では四句目が「乱れそめし」となっているが、百人秀歌《しゅうか》や定家《ていか》本系の『古今和歌集』では四句めが「乱れんと思ふ」となっているのだ。

いずれにせよ、やんごとなき風流人から「あなたのせいで心が乱れる」といわれた女性は、夢見心地となったに違いない。

●「もぢずり石」伝説が伝える悲恋

この歌の特徴である「しのぶもぢずり」は、福島県信夫《しのぶ》地方の特産品である、〝しのぶずり〟のすり衣のこと。しのぶずりは、忍草《しのぶぐさ》という草を石にこすりつけ、それを布につけて模様づけをしたもので、乱れ模様が特徴だった。京の都から遠く離れた陸奥国《むつのくに》は、当時の宮廷人にとって異国も同然だったが、そうした素材を融が歌に詠み込んだのには、理由があったようだ。その理由は、福島県内に伝わるある悲恋伝説に見出すことができる。

――あるとき東北を訪れた融は、村の長者の娘・虎女《とらじょ》と出会い、恋に落ちた。だが帰京が決まり、融は再会を約束して都に戻る。虎女は早く再会をと願い「もぢずり観音《かんのん》」に願《がん》をかけたが、約束の日が来ても都から便りは届かない。嘆き悲しむ虎女は「もぢずり石」に融の面影《おもかげ》を見出しながら病の床についた。そのとき都から届けられた歌が「陸奥の～」であり、都で心乱れる融の様子が伝えられたという――。

つまり、融は陸奥国に訪れたため、歌のモチーフとしたのである。その後、虎女と融が再会を果たしたのかどうかは、伝わっていない。だが、現在も福島県内の安洞院《あんとういん》の境内《けいだい》には、融と虎女の伝説を伝える「文知摺石《もぢずりいし》」が残っており、二人の墓とともに当時の恋物語を今に伝えている。

源融の陸奥国赴任への道

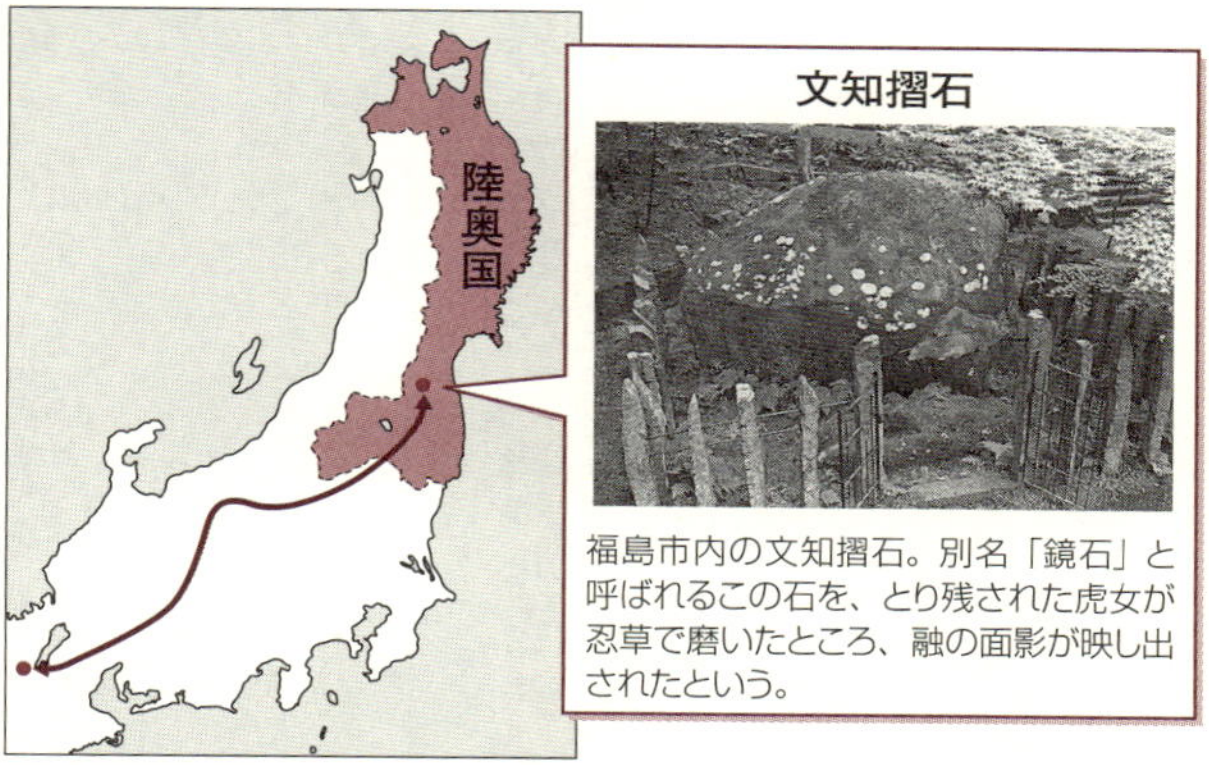

福島市内の文知摺石。別名「鏡石」と呼ばれるこの石を、とり残された虎女が忍草で磨いたところ、融の面影が映し出されたという。

陸奥とのかかわりが深い源融だが、『続日本後紀』によれば、任国へ向かうことを免除された遙任であったとされ、実際に旅をしたかは定かでない。

源融の周辺の人々

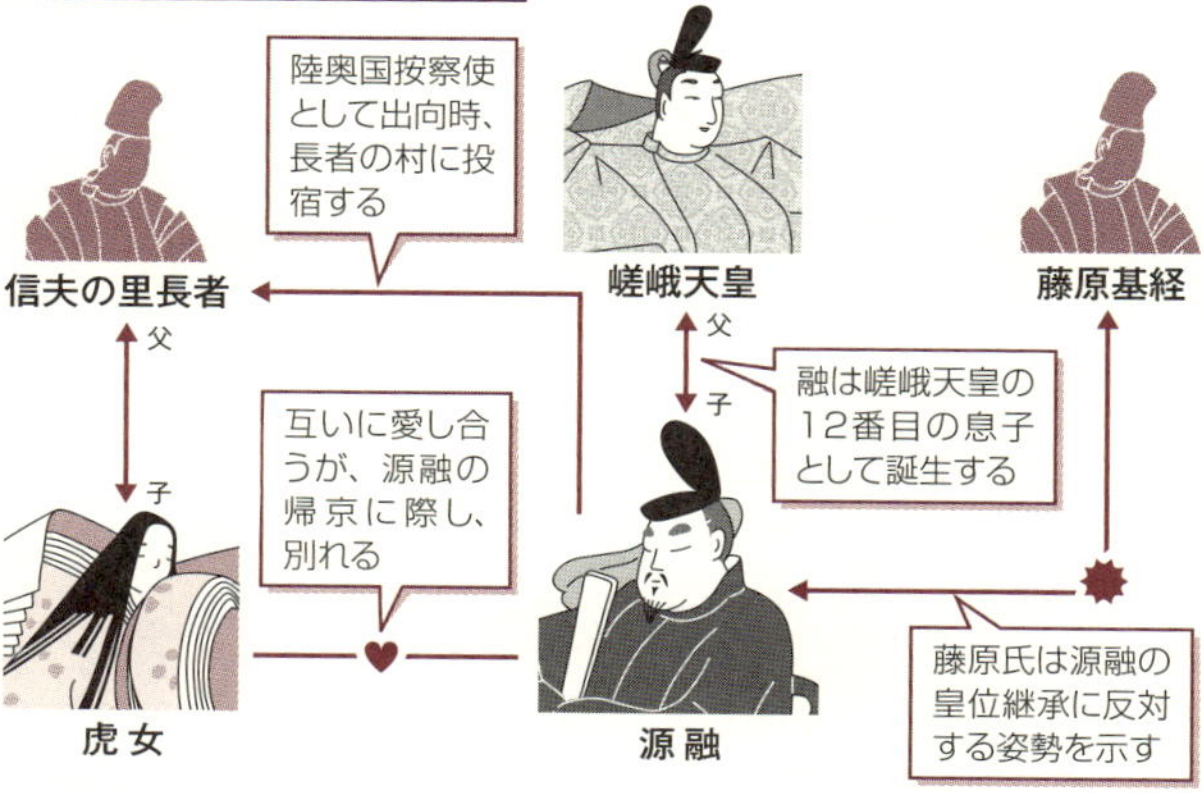

『源氏物語』の主人公光源氏のモデルとされる源融はプレイボーイとして知られた。この歌の恋のお相手の名は明らかでないが、伝説では虎女という女性であったとされる。

浅茅生《あさぢふ》のをののしの原《はら》忍《しの》ぶれど
あまりてなどか人《ひと》の恋《こひ》しき

参議《さんぎ》等《ひとし》

自分の想いを隠しても、もう忍びきれない。どうしてあの人がこんなに恋しいのだろう。

忍びきれない思いを綴ったラブレター

歌のテーマとなっているのは、「忍《しの》ぶ恋」である。忍ぶ恋には、気持ちを打ち明けずにいる恋と、相思相愛《そうしそうあい》ながら、事情あって周囲に隠す恋の二つに分類され、「浅茅生《あさぢふ》の〜」では、前者の気持ちが詠まれている。詞書には、「人に遣《つかは》しける」とあり、想い人への激しい恋心を詠んだラブレターだったようだ。浅茅とは茅葺《かやぶ》き屋根などに使われる細い竹であり、「をののしの原」は「小野の篠原《しのはら》」、つまり篠竹《しのたけ》が茂る野原のこと。篠竹の茂みに身を忍ばせるように、あなたを恋しく想うも、隠しきれないという意味がある。

じつはこの上句（前半部分）は作者のオリジナルではない。『古今和歌集』には、「浅茅生の小野の篠原しのぶとも人知るらめやいふ人なしに」という詠み人知らずの歌がある。

茅の原

歌に出てくる「浅茅生」とは、「茅がまばらに生える場所」という意味がある。歌の舞台である野原一面の篠竹に、ところどころ茅が生えている情景が目に浮かぶ。

このように古い歌の一部をとり込んで歌を作ることを「本歌取《ほんかど》り」といい、和歌のテクニックの一つだった。

それ故、参議等《さんぎひとし》の歌の価値は、下句にある。上句は次に続く同音の「しのぶ」を導くための序詞《じょことば》であり、いわば本当に伝えたいことの前置きに過ぎない。下句に「しの」を重ねることで想いを隠そうと努力するも、「あまりて」の四字によって、隠しきれない恋心をほとばしらせる。恋い慕《した》うあまり、狂う手前までにいる男の想いがこもった強烈な愛のメッセージといえる。

作者の参議等は嵯峨《さが》天皇の曾孫《ひまご》にあたる人物で、名を源　等《みなもとのひとし》という。地方官を歴任したのち、公卿《くげ》の末席にあたる参議の職に就いた。

みかの原《はら》わきて流《なが》るるいづみ川《がわ》
いつ見《み》きとてか恋《こひ》しかるらむ

藤原兼輔《ふじわらのかねすけ》

みかの原から湧き出る泉川の「いつ」ではないが、いつ会ったわけでもないあの人のことが、どうしてこんなに恋しいのだろうか。

顔も知らぬまま恋に落ちる

藤原兼輔《かねすけ》は藤原氏の摂関政治を確立させた藤原良房の弟・良門《よしかど》の孫であり、紫式部《むらさきしきぶ》の曽祖父である。紀貫之《きのつらゆき》などの歌人と交流があり、風流人として慕《した》われた人物だった。

歌にある「みかの原」は京都府相楽《そうらく》郡の地名で、聖武《しょうむ》天皇の時代にわずか三年ながら都《みやこ》（恭仁京《くにきょう》）が定められた地である。

泉川《いずみがわ》は現在の木津《きづ》川で、みかの原から湧き出る水がやがて泉川となるように、「いつ見きとてか」は女性への慕り高まる想い《つの》を表現している。

この「いつ見き」の解釈には二説ある。一つは「見かける」という意味で、もう一つは「男女が結ばれる」という意味だ。前者であれば、いつ見たかもわからない相手への恋心

『年中行事絵巻』

貴族の女性に仕える女房たちは、細殿と呼ばれる廊下の一部を自室としていた。人が往来する廊下とは御簾や几帳などで隔たれ、姿が見えないようになっていた。

と読め、後者であれば、逢瀬《おうせ》が久しくない相手への想いと読める。

現在は会ったことのない相手への憧《あこが》れを詠んだ歌と見るのが有力だ。兼輔は、なぜ会ったこともない女性に対し、これほどに恋心が募るのかと自らに問いかけているのである。

本人がいぶかるのも当然だが、この時代、貴族の女性は姿を見せない慣《なら》わしだった。そこで男性は噂《うわさ》で簡単に恋に落ち、せっせと歌を送って相手との愛を深め、初夜《しょや》にはじめて顔を合わすのが普通だった。

兼輔が想いを寄せた女性は、一説には兵《ひょう》部卿宮《ぶきょうのみや》の姫だったというが、この歌は『古《こ》今和歌六帖《きんわかろくじょう》』で作者不詳とされており、兼輔作の可能性は低いともいわれている。

忍《しの》ぶれど色《いろ》に出《い》でにけりわが恋《こい》は
物《もの》や思《おも》ふと人《ひと》の問《と》ふまで

平《たいらの》兼盛《かねもり》

あなたへの恋心を隠そうとするが顔に出てしまったようだ。周囲から「恋に悩んでいるのか」と問われるほどに……。

歌合に勝利した秀歌

「忍ぶれど」という出だしはどこか怪《あや》しい秘《ひ》め事《ごと》を思わせるが、読み下すとすがすがしい恋歌であることがわかる。

はじめて恋をした少年の、抑えきれない想いが顔に出て、「恋をしているだろう」と言い当てられ、ドギマギする……。誰もが一度は経験しただろう、甘酸っぱい初恋の記憶を呼び覚ますような歌だ。上句の心中を、第三者の目線を入れた下句で具象化させることで、瑞々《みずみず》しい恋心をより鮮明にしているのが印象的である。

古来より恋歌の秀作として称《たた》えられるこの歌は、じつは実在の女性に宛てたものではない。歌合《うたあわせ》（複数の歌人が左方と右方にわかれて、与えられた題目にそった歌を一首ずつ

「歌合」のしくみ（イメージ）

歌合とは、同じテーマをもとに左チームと右チームの歌人が歌を詠み、その優劣を競う競技であり、平安時代の代表的な娯楽とされた。

詠み、判者《はんじゃ》が優劣を判定して競う遊び）でつくられた創作である。

とくに歴史に残る有名な歌合が、九六〇（天徳《てんとく》四）年三月三〇日に村上《むらかみ》天皇が主催した「天徳四年内裏歌合」であり、「忍ぶれど～」はそのとき詠まれたものである。

会場の清涼殿《せいりょうでん》の中渡殿《なかわたどの》には天皇や女御《にょうご》が臨席し、二〇題・二〇番勝負で競われた。判者は左大臣藤原実頼《さねより》で、一流歌人らの歌が次々と詠みあげられ、最後の二〇番のお題「恋」において、右方に出されたのがこの歌だ。左方の壬生忠見《みぶのただみ》の歌（次頁参照）と並び、その秀作ぶりに参加者たちはため息をもらしたという。作者の平兼盛《たいらのかねもり》は一〇世紀後半の代表的歌人であり、恋多き人としても有名だった。

恋《こひ》すてふ我《わ》が名《な》はまだき立《た》ちにけり
人《ひと》知《し》れずこそ思《おも》ひそめしか

壬生忠見《みぶのただみ》

私が恋をしているという噂がもう立ってしまった。
人知れず思い始めたばかりなのに。

歌合の勝負の行方

前述した「天徳四年の歌合」で、平兼盛の「忍ぶれど〜」と競った歌である。作者の壬生忠見《みぶのただみ》は地方の下級役人と位は低かったが歌人として知られ、勅命《ちょくめい》をもって歌合に召された。忠見は感激して、任地の摂津《せっつ》から内裏《だいり》まで、田舎の装束《しょうぞく》のまま駆けつけたという。

忠見が晴れ舞台で詠んだ歌は周囲をうならせる力作だった。「恋すてふ（恋をする）」というストレートな言葉で始まる歌は、「人知れずこそ思ひそめしか」と、人に知られてしまった戸惑いを実感として打ち出しつつ、切ないため息ともいえる余韻《よいん》が深みをもたせる。忍ぶ恋でありながら、とうてい叶《かな》うことはないだろうとあきらめの感情が示唆《しさ》されており、悲恋《ひれん》の歌でもある。

兼盛と忠見の対決

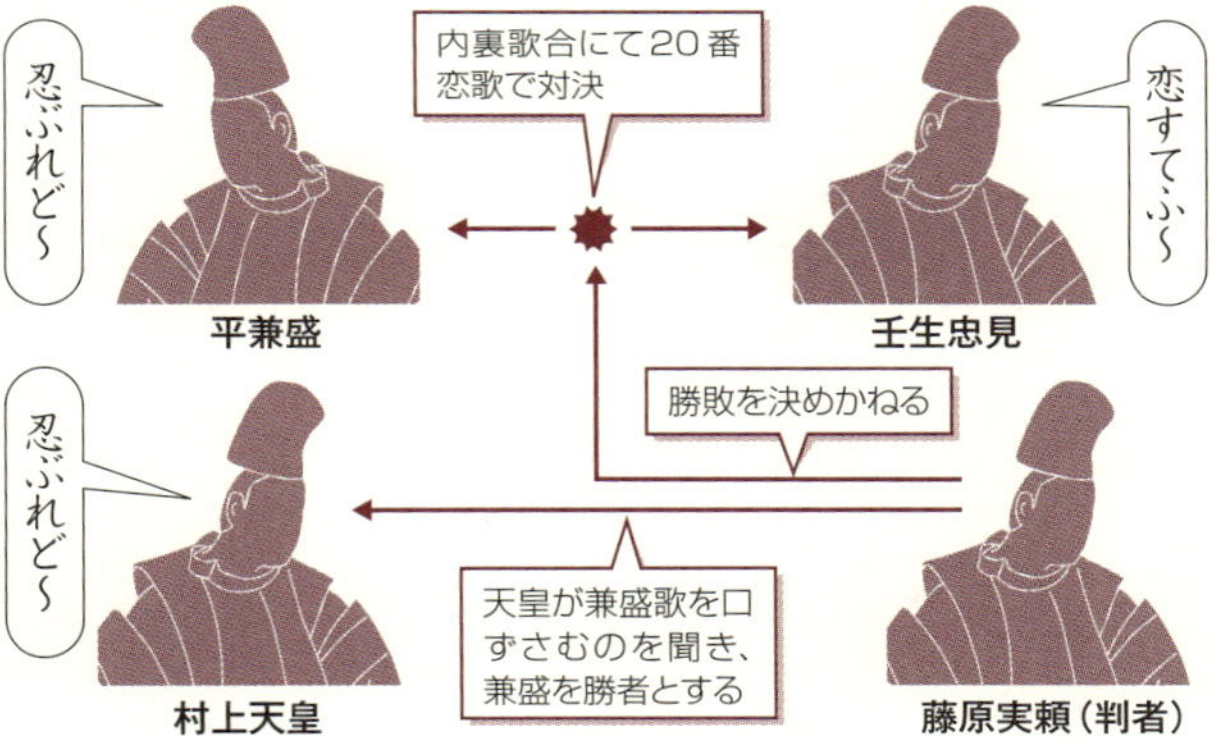

忠見の人生を変えた天徳内裏歌合は、歌題提示から勝負当日まで1ヶ月の期間に準備を整え、夜を徹して行なわれたと伝わる。

左右ともに秀作が並び、判者の藤原実頼も判定に困ったようだ。大納言《だいなごん》の源《みなもとの》高明《たかあきら》に意見を求めるも、お任せしますと返されてしまう。そこで天皇の顔を窺《うかが》い見ると、ふと小さな声で「忍ぶれど～」の歌を口ずさんだ。

そこで実頼が「天皇の思《おぼ》し召《め》しは右（「忍ぶれど～」にある）」と告げ、勝者は兼盛、忠見は敗者となったのである。喜び勇んで退出する兼盛に対し、敗れた忠見のショックはいかばかりか。

歌才《かさい》を頼みにしてきた忠見は優れた歌を多く残しているが、渾身《こんしん》の力で詠んだ歌が負けと知らされたときの失望感は大きかった。以来、忠見は「胸ふさがりて」食事がのどを通らなくなり、死んでしまったと伝わる。

あしびきの山鳥《やまどり》の尾《お》のしだり尾《お》の
長々《ながなが》し夜《よる》をひとりかもねむ

柿本人丸《かきのもとのひとまる》
（人麿）

山鳥の尾羽のように長い長いこの秋の夜を、私は一人寂しく寝ることになるのだろうか

一人寝の寂しさを歌った秀歌

柿本人麿《かきのもとのひとまろ》は三十六歌仙《かせん》の一人に数えられ「歌聖《かせい》」とまで崇められた人物だが、その生涯は明らかでない。

また、歌自体にも謎があり、作者は柿本人麿ではない可能性が指摘されている。歌の原歌が収録される『万葉集《まんようしゅう》』に「或本《ある》の歌に曰《いわ》く」と左注《さちゅう》がついているためだ。人麿は自分の歌だけでなく、古来の秀歌を集めた『人麻呂歌集』をつくっており、そこから収められたものではないかといわれている。そうした事情からか、百人一首におけるこの歌は「柿本人丸《ひとまる》」の作と表記される。

作者の問題は横に置き、改めて歌を見ると、枕詞《まくらことば》（慣習的に用いられる修飾語）や縁《えん》

語《ご》（縁のある言葉を用い、表現に面白みを足す語）がふんだんに重ねられた技巧尽くしの歌であることがわかる。

「あしびきの」は山の枕詞で、続く「山鳥の尾のしだり尾の」までが序詞となっている。山鳥とはキジ科の野鳥で、雄の尾が長いことで知られた。

この時代、恋人の到来を待つのは女性であり、作者が男性であっても女性の立場になって詠んだ歌と解釈するのが一般的だった。だが「尾＝雄」が入ることで歌の世界の主人公が男性であることを示唆《しさ》している。こうした隠喩《いんゆ》の使い方に加え、直接的な恋の表現を使わずに恋歌だと想像させるあたりに、歌のオリジナリティを感じさせる。

三十六歌仙一覧

一、	柿本人麿
二、	山部赤人
三、	大伴家持
四、	猿丸大夫
五、	小野小町
六、	僧正遍昭
七、	在原業平
八、	藤原敏行
九、	素性法師
十、	坂上是則
十一、	壬生忠岑
十二、	凡河内躬恒
十三、	紀友則
十四、	紀貫之
十五、	藤原兼輔
十六、	大中臣頼基
十七、	藤原興風
十八、	源公忠
十九、	源宗于
二十、	伊勢
二十一、	藤原敦忠
二十二、	清原元輔
二十三、	大中臣能宣
二十四、	源順
二十五、	源信明
二十六、	中務
二十七、	藤原朝忠
二十八、	藤原清正
二十九、	藤原元真
三十、	藤原仲文
三十一、	斎宮女御
三十二、	藤原高光
三十三、	源重之
三十四、	平兼盛
三十五、	壬生忠見
三十六、	小大君

三十六歌仙は、藤原公任の『三十六人撰』に選出された36人の和歌の名人である。そのなかには生涯が明らかでない伝説的な人物もいる。

住《すみ》の江《え》の岸《きし》による波《なみ》よるさへや
夢《ゆめ》のかよひ路《ぢ》人目《ひとめ》よくらむ

藤原敏行朝臣《ふじわらのとしゆきあそん》

住の江の岸に打ち寄せる波ではないけれど、あなたは昼だけでなく、夜に見る夢のなかでさえも、人目を避けるのでしょうか。

夢にあらわれる意味

この歌も、特定の女性に向けられたものではなく、宇多《うだ》天皇の母・皇太后班子《はんし》主催の「寛平御時后宮歌合《かんぴょうのおんとききさいのみやうたあわせ》」で詠まれた作品である。

藤原敏行《としゆき》は、宇多天皇の信任を得て宮廷歌壇を代表する宮廷歌人となる一方、書家や恋の歌人としても知られた。

恋に情熱を注いだとされる敏行の代表作であるこの歌は、結句《けっく》の「よくらむ」の主語が自分か相手かによって解釈が変わる。「自分」であれば、男性である敏行が、夢のなかですら人目を避けるためらいがちな気持ちを歌ったものということになる。だが、主語を「あなた」と考えた場合、女性の視点となり、忍ぶ恋のさびしさを歌ったものと解釈される。

男女の境がなかった恋歌

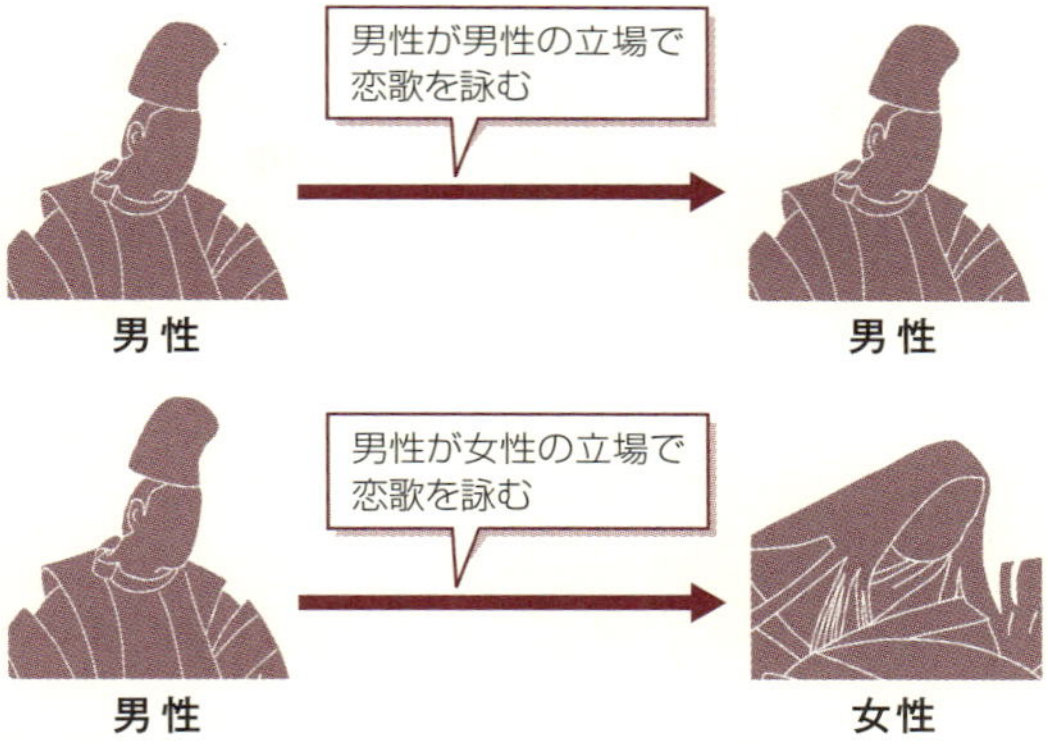

現在の歌手と同様、平安時代に恋歌を詠む場合、性別は限定されなかった。どちらかというと、男性が女性の立場を詠んだ歌が多い。

現在は、後者の解釈が有力とされている。

現代でも歌手《かしゅ》が異なる性の視点で歌を歌うことがあるように、当時もまた、男性が女性の立場で歌を詠むことは珍しくなかった。

この歌で大きな意味を持つのが「夢」である。ただ待つことしかできない女性は、せめて夢のなかで逢えたらと願うも、それすら叶わない。

古来、夢は神のお告げと考えられていた。恋においても夢は重要な意味を持つとされ、夢に恋人が出てくるのは、相手が自分を想ってくれている証《あかし》と信じられていた。つまり、相手が夢にあらわれないのは相手の気が変わったことを示唆しており、不安に押しつぶされそうな女心をあらわしている。

風《かぜ》をいたみ岩《いわ》うつ波《なみ》のおのれのみ
くだけてものを思《おも》ふころかな

源《みなもとの》重之《しげゆき》

激しい風によって岩を打つ波がひとりでに砕け散るように、
あなたがつれないので私の心も砕け散るほどに思い悩んでいる今日この頃だよ。

作者の代表作は盗作か

源《みなもとの》重之《しげゆき》は五六代清和《せいわ》天皇の曾孫で、三十六歌仙の一人に数えられる。若い頃から歌人として名高く、皇太子から「歌奉《うたたてまつ》れ」の仰せがあって百首《ひゃくしゅ》を献上したと伝わる。「風をいたみ～」はそのうちの一首で源重之の代表歌である。

この歌は壮大かつ繊細だ。激しい波が岩に砕け散る大自然をイメージさせるのだが、そこに表現されるのは激しい恋情。岩は恋の相手、波は自分自身を表現しているのである。岩のように冷たく立ちはだかる恋人に自分の想いは無情に跳《は》ね返され、心が砕かれるという意味だ。相手を強く想うほどに大きく砕け散る波、この印象的な比喩《ひゆ》は、この恋が実らないことを暗示している。

「岩」と「波」があらわすもの

波
岩にぶつかり、砕け散るしかない片想いのやるせなさ、つまり「男性」を表現している
岩
相手のつれない心、つまり想い人である「女性」を表現している

押し寄せてははじかれる波を自分にたとえ、波を砕く強固な岩を想い人にたとえることで、この恋がむくわれないことをあらわした。

だが、じつはこの歌は重之のオリジナルとはいい難い。

まず、「くだけてものを思ふころかな」という下の句は当時流行の表現で、数々の歌に見られる決まり文句であった。あり触れた言葉だが、「風をいたみ岩うつ波のおのれのみ」と韻《いん》を踏んだドラマティックな表現を用いたのはさすが重之である。

上句もまた元ネタがあり、『伊勢集《いせしゅう》』という歌集のなかには、「風吹けば岩うつなみのをのれのみ　くだけてものを思ふころかな」がある。『伊勢集』は『古今和歌集』時代の歌人・伊勢の歌集であり、重之より前の時代のもの。つまり、重之は伊勢の歌をそっくり借用した疑惑があるのだ。

由良《ゆら》の門《と》を渡《わた》る舟人《ふなびと》かぢを絶《た》え
行方《ゆくえ》も知《し》らぬ恋《こひ》の道《みち》かな

曾禰好忠《そねのよしただ》

由良の海峡を渡る船乗りが、櫂がなくなって漂うように、私の恋も行方がわからない。

大海原に漂う恋の不安感と自身の境遇

先の見えない恋の行く末を、舵《かじ》を失ってあてどなく波間《なみま》を漂《ただよ》う不安定な小舟にたとえた歌。「由良《ゆら》」が「ゆらゆら」に通じ、揺れる波が見えてくるような流麗《りゅうれい》な調べは、さすらう恋の不安感が行間から立ち上るような哀愁《あいしゅう》を帯びている。

この歌は恋歌の形式をとるが、作者である曾禰好忠《そねのよしただ》の境遇に思いを巡らすこともできる。好忠は斬新《ざんしん》な歌を詠む歌人として知られたが、偏屈《へんくつ》な性格が災いして歌の評価はいまいちで、役職にも恵まれなかった。

たとえば九八五（寛和《かんな》元）年、円融院《えんゆういん》の子《ね》の日の御遊《ぎょゆう》（正月最初の子の日に、四方を望むと陰陽《いんよう》の精気を呼び込み、煩悩《ぼんのう》を除去できるという思想から生まれた行事。醍醐《だいご》天皇の頃からは若菜《わかな》を摘《つ》む野遊びが行なわれた）でのこと。好忠は、呼ばれてもいないのにみすぼらしい姿であらわれ、ここにいる誰よりも歌がうまいと主張してつまみ出されている。

このような軽はずみな態度が多かったためだろうか。丹後掾《たんごのじょう》（国司《こくし》の三等官）という位に、名前を合わせた「曾丹後」や「曾丹」などの略名で呼ばれるようになっており、軽んじられていたようだ。

彼にとって自らの境遇は大海原《おおうなばら》を漂うように不安なものだったのかもしれない。未来への不安、その屈《くっ》折《せっ》した心情を「由良の門を〜」の歌に託したともいわれている。

「由良の門」が示す候補地

丹後・由良川説
平安時代の丹後国（現：京都府宮津市）を流れる由良川が舞台だという説。門とは、川と海の境にあたる潮目のこと。こちらの由良川説が現在、定説化している。
紀伊・由良港説
平安時代の紀伊国（現：和歌山県日高郡由良町）と淡路島の洲本市由良のあいだにある紀淡海峡が舞台だという説。『新古今集』時代は歌枕の一つとして知られていた。

歌の舞台である「由良の門」は、紀伊国説と丹後国説の二説がある。

名《な》にし負《お》はば逢坂山《おうさかやま》のさねかづら
人《ひと》にしられで来《く》るよしもがな

三条右大臣《さんじょうのうだいじん》

逢坂山のさねかづらをたぐり寄せるように、
人知れずあなたのところへ行くことができればなぁ。

会えないだけに想いが募る男心

前述してきたように、平安時代の貴族は、女性に会うのも簡単ではなかった。男女が対面する機会があったとしても、それは御簾《みす》や几帳《きちょう》越しであり、男性側から見えるのは、女性がまとう装束《しょうぞく》の裾《すそ》や袖口《そでぐち》、うっすらと透けて見えるシルエット程度である。会えない、見えないとなれば、いっそう見たくなるのが人間の心理。男性はわずかでも女性の気配を感じとろうと目を凝らし、髪の毛でも見えようものなら大いに心をときめかせたのである。こうした男性の「会いたい」気持ちをあらわしたのがこの歌だ。

逢坂山《おうさかやま》は京都市と滋賀県大津市《おおつ》の境にある山で、「逢」という字から、男女の逢瀬にからめる掛詞として使われた。さねかづらは、秋に小さな赤い実をつける木で、蔓《つる》や枝は太

さねかずら

鮮やかな赤色の果実が目につくが、甘みがないため食用としては用いられない。蔓からとれる粘液は男性の整髪料として使われた。

く長く繁《しげ》る。さらに、さねかづらの「さね」は「さ寝」と掛けられていて、「逢って共に寝る」という意味。「来る」は当時は「行く」であり、つるを手繰《たぐ》るの「繰る」にも掛けられている。意訳になるが、「人知れずあなたの元へ逢いに行き、共に寝たい」という、情熱的で男っぽい歌だ。作者はこの熱烈な歌をラブレターとして送る際、実際にさねかづらを添えたという。

藤原定方《さだかた》は京の三条《さんじょう》に屋敷を構え、平安時代の官位のトップともいえる右大臣にまで昇り詰めた人物だ。歌人としても素晴らしい才能を持ち、インテリ歌人ゆえ、情熱的ながら凝った歌を贈り、女性の力量をはかろうとしたとも考えられる。

かくとだにえやはいぶきのさしも草《ぐさ》
さしも知《し》らじな燃《も》ゆる思《おも》ひを

藤原実方朝臣《ふじわらのさねかたあそん》

これほどあなたを思っているのに、口に出すこともできない。伊吹山のさしも草のように、目立たずに燃えている私の思いを、あなたは知りもしないだろう。

●技巧を駆使した初恋の歌

『後拾遺集《ごしゅういしゅう》』には「女に始《はじめ》て遣《つかは》しける」という詞書があり、初恋の歌であることがわかる。恋慕っていることすら口にできない恥じらいが初々《ういうい》しく、かえって胸に秘めた恋の熱情の烈《はげ》しさと切なさを感じさせる。

そのどこか言いよどむような思いを、縁語、序詞といった技巧をふんだんに盛り込むことで、優美な響きにしている。その軸をなすのが「さしも草（お灸《きゅう》に使うも草）」である。いぶきは近江《おうみ》（滋賀県）と美濃《みの》（岐阜県）の境にそびえる伊吹山《いぶきやま》ではなく、よもぎの産地として知られる下野《しもつけ》（栃木県）の伊吹山をさすといわれ、歌枕《うたまくら》になっている。「いぶきのさしも草」は「さしも知らじな」の「さしも」を導き出すための序詞で、これによって、

伊吹山

有名なのは近江（滋賀県）と美濃（岐阜県）の国境にそびえる山だが、滋賀県ではもぐさ用のよもぎがほぼ作られていなかったため、歌に登場する伊吹山は下野（栃木県）の山ではないかともいわれている。

歌全体に独特の響きをもたらしている。さらに、「いぶ」に「言う」と「伊吹」、思ひに「思う」と「火」というように掛詞を重ねて歌に奥行を持たせる。さしも草と「燃ゆる」「火」は縁語である。さしも草はお灸の原料であり、燃えると火が同時に連想される。歌の解釈上は直接の意味をなさない「さしも草」だが、すべての語句を導き出すキーワードになっており、考え抜かれた一首である。

「さしも草」と「燃ゆる思ひ」が、じわじわと燃えるお灸と実方《さねかた》自身の恋心と重なり、切ない恋の熱情のもだえるような揺らぎを感じさせる。また、告白できないと言いながら、その想いのたけをさらけ出し、直接的な告白よりも、なお熱い想いを相手に伝えている。

冠事件で左遷された実方

作者の藤原実方は左大臣藤原師尹《もろただ》の孫で、著名な歌人として知られた。初恋ではこの歌のように初々しかった実方も、次第に女性との交際も華やかな色好みとして成長し、清《せい》少納言《しょうなごん》はじめ多くの女性たちと恋愛を楽しんだ。

恋の終わり方も洗練されており、たとえば相手の扇《おうぎ》（逢《あ》ふ儀《ぎ》）を返して、その恋に終止符《しゅうしふ》を打つこともあった。このとき実方は、

「秋はてぬいまはあふぎもかへしてむ　なほたのむかと人もこそみれ」

という歌を相手（小一条《こいちじょう》左大臣家の女房の衛門《えもん》）に贈っている。秋が終われば扇は使わなくなる。それを返すことで、交際の終わりを告げたのである。これに対して衛門は、

「秋はててあふぎかへすはうけれども　さすがにいむと見るぞうれしき」

と返した。扇を返される（別れる）のは悲しいが、手になじんだ扇が返されるは嬉《うれ》しいという意味で、扇を媒介《ばいかい》に、のちのちまでよい思い出になるような別れ方である。

恋愛では余裕を見せる実方であったが、その性格は直情的なところがあった。宮中《きゅうちゅう》で口論となった藤原行成《ゆきなり》の冠《かんむり》を地面に投げ捨てるという乱暴を働き、それがもとで実方は陸奥守《むつのかみ》に左遷《させん》され、その地で没している。

藤原実方のまわりの男と女たち

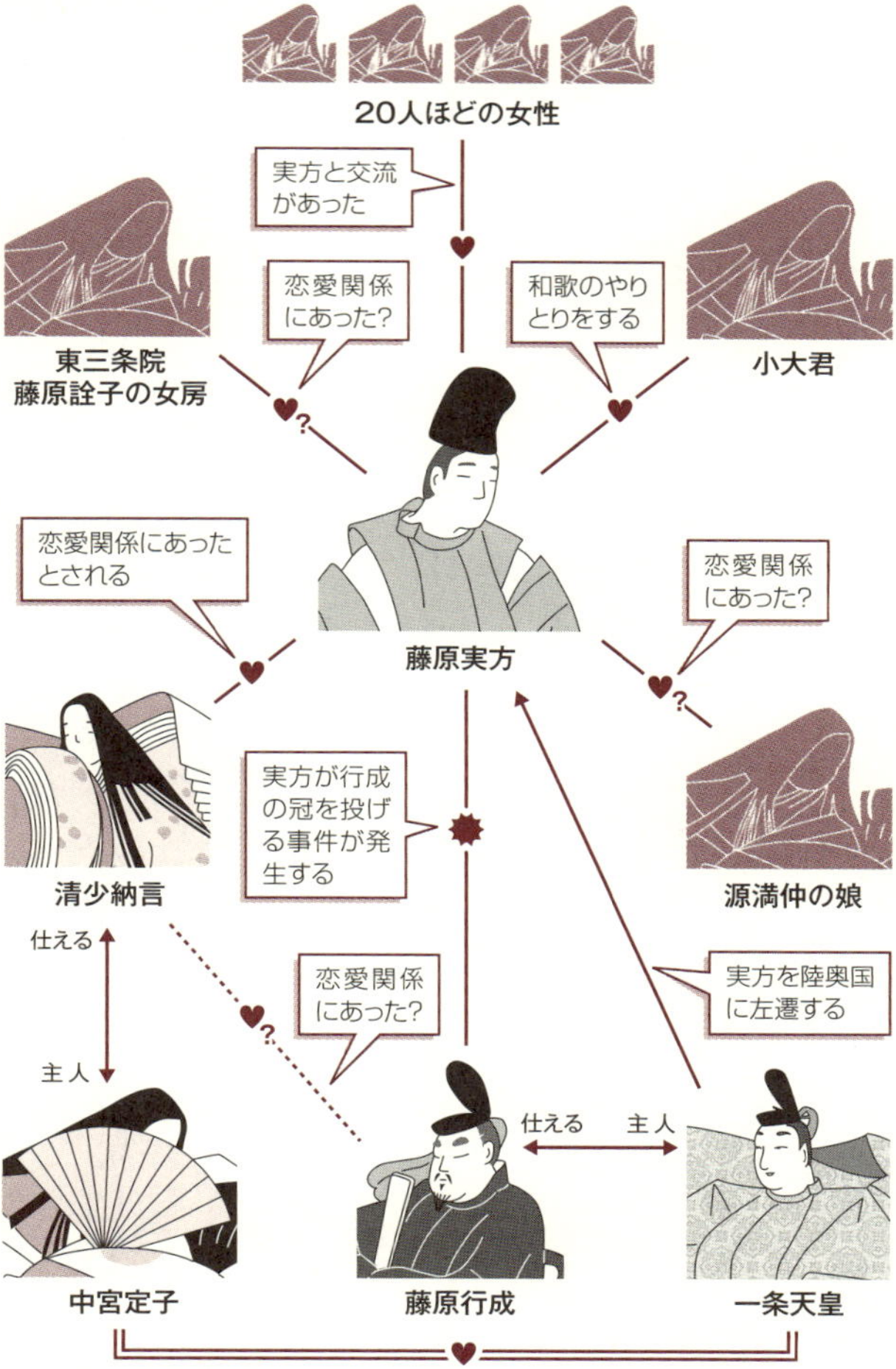

実方は平安時代を代表するプレイボーイの一人であり、数多くの女性たちと浮名を流したと伝わる。とくに有名なお相手が清少納言である。

やすらはで寝《ね》なましものを小夜更《さよふ》けて
かたぶくまでの月《つき》を見しかな

赤染衛門《あかぞめえもん》

来てくださらないと知っていたら、ためらわずに寝てしまったのに、待っているうちに夜が更けて沈む月を見てしまったわ。

姉妹のために代詠した切ない恋歌

作者は藤原道長《みちなが》の妻倫子《りんし》の女房を務めていた女性で、父が右衛門尉《うえもんのじょう》だったために赤染《あかぞめ》衛門《えもん》との名で呼ばれていた。

この歌は、約束をすっぽかした恋人に対しての恨《うら》み言《ごと》といったところか。ただし、赤染衛門が自らの気持ちを詠んだわけではない。

詞書には「中関白《なかのかんぱく》、少将《しょうしょう》に侍《はべ》りける時、はらからなる人に物いひわたり侍りけり、たのめて来ざりけるつとめて、女にかはりてよめる」とある。「中関白」とは、当時の摂《せっ》政《しょう》・藤原兼家《かねいえ》の長男である藤原道隆《みちたか》のこと。「はらから」は姉妹という意味である。道隆は少将であった時代に儀同三司母《ぎどうさんしのはは》と結婚していたが、別に恋人を持っていて、赤染衛門の姉妹はその一人であった。つまり、この歌の主人公は赤染衛門の姉妹であり、赤染衛門は彼女の気持ちを代作したのである。

来ない男を待つのはつらいものだが、待つ女は文句も言えない。赤染衛門の姉妹はあくまで恋人だったからだ。当時は一夫多妻の時代で、夫が別に恋人を持つことは珍しくなかった。しかも道隆のような身分の高い男性が相手ともなれば、ライバルの数も多かっただろう。

それを理解しているからこそ一方的に責めるのではなく、失望感を抱きつつも、月に目を向けながら小さく恨み言を口にする、そんな女性の姿が目に浮かぶ。

赤染衛門の時代の天皇と藤原家系図

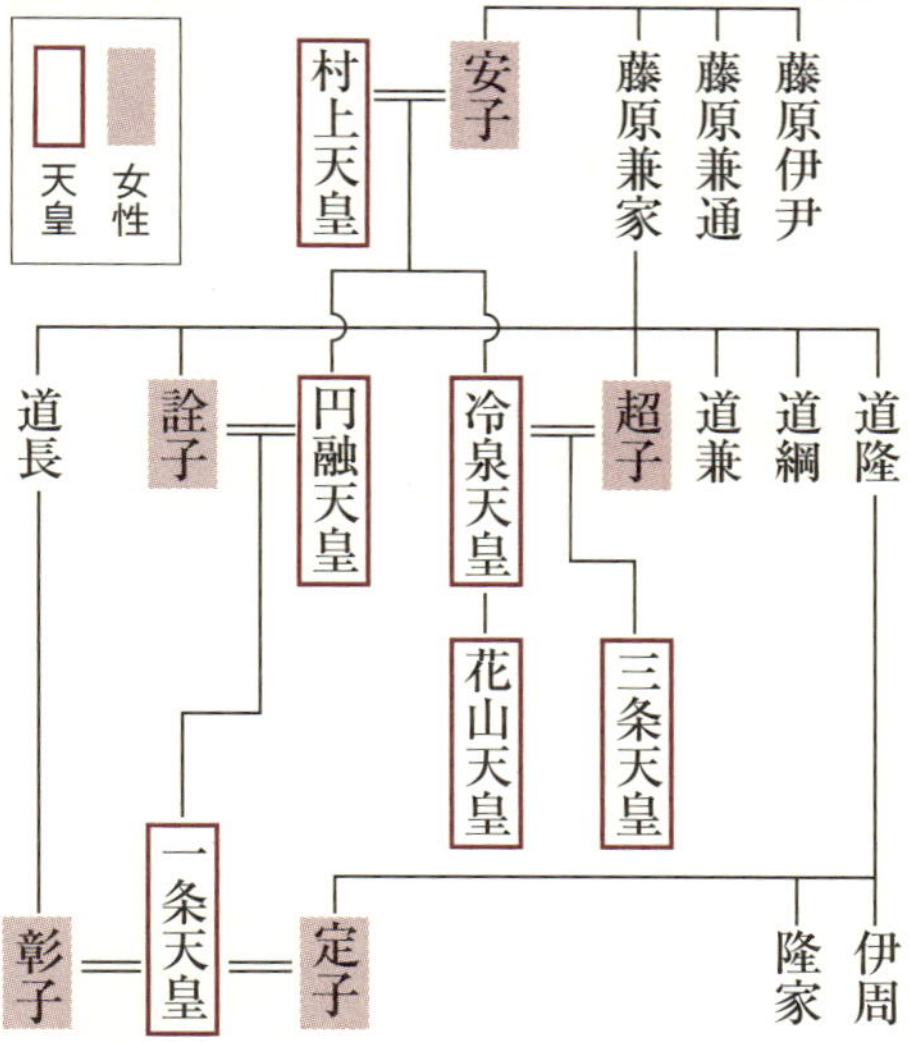

この時代の政権を握っていたのは藤原家である。娘を入内させ、外戚の地位を得たその力は、天皇家をしのぐほどだったともいう。

夫がありながら初恋の人を愛し続ける

では、赤染衛門自身の恋はどうだったのだろうか。彼女は大江匡衡《おおえのまさひら》という男性と結婚している。夫の出世のために仕事を手伝うなど尽力《じんりょく》し、おしどり夫婦として知られた。

だが、そんな彼女の心のなかには、常に別の人物があったという。その人物とは、夫の従兄弟《いとこ》である大江為基《ためもと》で、彼女にとって初恋の人だった。為基も既婚者であり、彼女と距離を置こうとした時期もあったようだ。

しかし赤染衛門は自分から幾度も為基に歌を贈り、彼からの便りが途絶えると、なぜ便りをくれないのかと催促《さいそく》し、彼の愛を求め続けている。病気で早くに死亡した為基は、死ぬ前に赤染衛門に「此《こ》の世より後の世までと契《ちぎ》りつる　契りはさきの世にもしてけり」という歌を送っている。

今生《こんじょう》では添い遂げられなかったけれど、極楽浄土《ごくらくじょうど》では一緒に生まれ変わりたいという気持ちがにじみ出ており、二人は結ばれぬ運命に身を焦《こ》がしていたのだろう。

赤染衛門は当時としては珍しく八〇歳を越えた長寿の人で、晩年に歌集『赤染衛門集』を編《あ》んでいる。その歌集のはじめの部分には為基とのあいだで交わされた歌が四六首も収められており、年老いてなお初恋の相手への想いの強さを感じさせる。

赤染衛門をめぐる人々

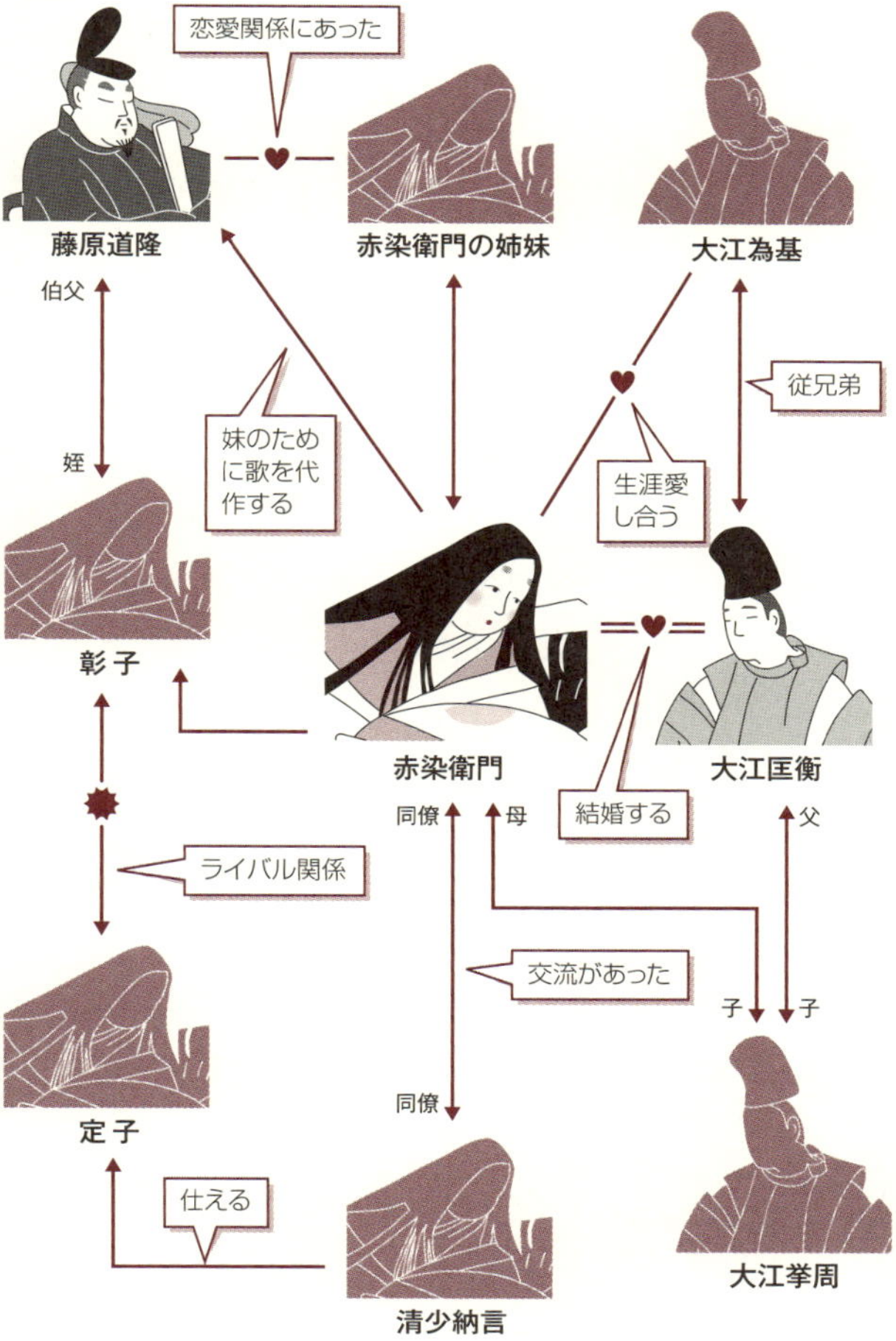

赤染衛門は、一般的に良妻賢母であったと考えられている。しかし、その心中には常に夫とは別の男性の姿があったと伝わる。

嘆《なげ》けとて月《つき》やは物《もの》を思《おも》はする
かこち顔《かお》なるわが涙《なみだ》かな

嘆き悲しめといって月が私に物思いさせるのだろうか。
いや、これは恋の苦しみのせいなのに、あたかも月のせいであるかのように涙が出てくる。

西行法師《さいぎょうほうし》

●若き武士の突然の出家

この歌は、『千載和歌集《せんざいわかしゅう》』巻第一五恋歌五に「月前恋といへる心をよめる」とあるように、作者である西行《さいぎょう》が歌の会で詠んだ題詠歌《だいえいか》である。

西行法師《ほうし》といえば、平安末期を代表する天才歌人であり、若い頃に出家《しゅっけ》し、以後旅と自然を愛し、自らの実体験に基づく心情を投影した歌を数多く詠んだことで知られる。その歌は技巧にとらわれることなく自由奔放《じゆうほんぽう》で清新《せいしん》、圧倒的な個性を発揮した。

恋に苦しむ心境を月にかけて詠んだこの恋歌も、題詠歌とはいえ、自らの体験から喚起《かんき》された心情を詠んだ歌が多い西行のこと。誰を思って涙したのか想像したくなるだろう。

じつは西行が突然出家したのは、ある人への秘めた恋心が理由だったという説がある。

西行法師（円位《えんい》法師）は俗名《ぞくみょう》を佐藤義清《さとうのりきよ》といい、武門《ぶもん》の家柄に生まれた。徳大寺《とくだいじ》家の随《ずい》身《しん》、鳥羽院《とばいん》の北面《ほくめん》の武士と出世を重ね、妻子を得る一方、歌人としての名声も得た。だが、まさに人生これからという二三歳のとき、突然家柄も家族も捨てて出家してしまう。当時、若き西行の突然の出家は、世間でも驚きをもって迎えられた。

身分の高い姫君への秘めた恋

出家の原因について、厭世観《えんせいかん》などさまざまな憶測《おくそく》が生まれたが、一方で秘められた恋が

西行の生きた時代

年号	出来事	天皇
1086年	白河上皇が院政を開始する	堀河
1118年	西行誕生	鳥羽
1129年	白河上皇死去 鳥羽上皇が院政を開始する	崇徳
1141年頃	西行出家か	近衛
1156年	鳥羽上皇死去 保元の乱	後白河
1158年	後白河上皇が院政を開始する	二条
1159年	平治の乱	二条
1167年	平清盛が太政大臣に就任	六条
1177年	鹿ヶ谷の陰謀が発覚する	高倉
1179年	後白河上皇が幽閉され、院政が停止する	高倉
1180年	源頼朝らが挙兵する	安徳
1185年	平氏の滅亡	後鳥羽
1190年	西行死去	後鳥羽
1192年	後白河上皇死去 源頼朝が征夷大将軍となる	後鳥羽

平安時代から鎌倉時代という大きな変革期に生まれた西行は、出家前、鳥羽院の北面の武士として奉仕していた。

原因だったのではないかとも考えられた。

『源平盛衰記《げんぺいせいすいき》』によると、西行発心《ほっしん》のおこりは、さる身分の高い女性に想いをかけていたところ、「あこぎの浦《うら》ぞ（逢うことが重なれば、人の噂になってしまう）」と言われ、思い余って出家したと記している。その女性は「上臈《じょうろう》の女房《にょうぼう》」とあるのみで名前は不明だが、はかない契りを結んでいたともいう。

上臈の女房とは、一説では鳥羽院の中宮《ちゅうぐう》・待賢門院《たいけんもんいん》璋子《しょうし》であるといわれている。女房と中宮で身分は重ならないが、才色兼備《さいしょくけんび》として知られた璋子は、かつて西行が仕えた徳大寺家の姫君であり、白河《しらかわ》法皇の養女として育てられ、法皇の孫である鳥羽天皇に入内《じゅだい》した。

西行は美しい主家の姫君に少年の頃から憧《あこが》れに近い想いを抱いていたのかもしれない。

璋子は白河法皇とも通じ、備後守季通《びんごのかみすえみち》や童子《どうし》とも通じる恋多き女性であった。実家を通じて昵懇《じっこん》の間柄だった西行と間違いを起こしたことがないとも言い切れない。

しかし、契りを結んだとしても、相手は天皇の妻。実ることはない恋であった。かなわぬ恋であると知っているからこそ、若き西行は出家を決意したのだと考えられる。

璋子は崇徳院《すとくいん》、後白河《ごしらかわ》院と二人の天皇を生んだが四〇代の若さで亡くなった。西行は璋子の死をいたみ、彼女の女房であった堀河《ほりかわ》と璋子をしのんだ挽歌《ばんか》の贈答《ぞうとう》をしている。

西行・璋子をめぐる人々

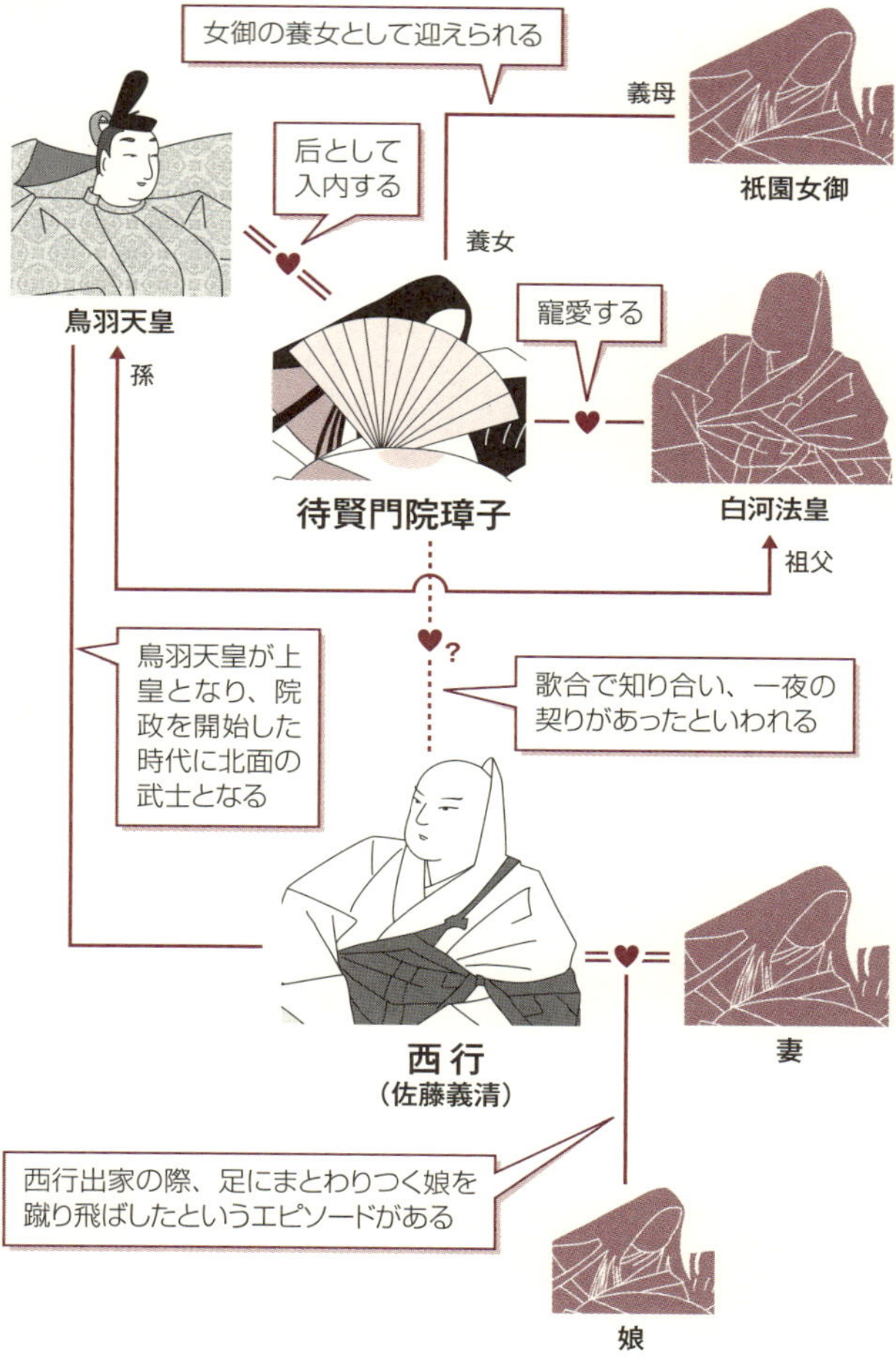

女御の養女として迎えられる
義母
祇園女御
后として入内する
養女
鳥羽天皇
寵愛する
孫
待賢門院璋子
白河法皇
祖父
鳥羽天皇が上皇となり、院政を開始した時代に北面の武士となる
?
歌合で知り合い、一夜の契りがあったといわれる
西行
（佐藤義清）
妻
西行出家の際、足にまとわりつく娘を蹴り飛ばしたというエピソードがある
娘

順風満帆な人生を歩んできた西行が突然出家したのは、法皇の妻である待賢門院璋子との恋が原因だったという説がある。

玉《たま》の緒《お》よ絶《た》えなば絶《た》えねながらへば
忍《しの》ぶることの弱《よわ》りもぞする

式子内親王《しょくしないしんのう》

この命が絶えるならば絶えてしまってもいい。このまま生きながらえると、隠していた想いを表に出してしまいそうだから。

内親王の溢れる想いを綴った歌

耐《た》え忍び、誰にも知られぬように想い続けてきたこの気持ち。今まで隠してきたけれど、とても抑えきれず、このままでは人に知られてしまう。そんなことになるぐらいなら死んだほうがましだと嘆く女性の内なる恋情《れんじょう》を綴《つづ》った歌である。

しかし、この歌の作者である式子内親王《しょくしないしんのう》は、実際のところ、恋とは無縁の人生を送っていたと考えられる。彼女は後白河《ごしらかわ》天皇の第三皇女として生まれ、五～六歳のときに賀茂《かも》社《しゃ》の斎王《さいおう》となった。斎王とは、天皇の代わりに神に仕える女性のことで、とくに伊勢神宮《いせじんぐう》に仕える女性は斎宮《さいくう》、賀茂社に仕える女性は斎院《さいいん》と呼ばれた。斎宮と斎院は内親王や皇族の未婚の女子が選ばれた。神に仕える身ゆえ、恋も禁忌《きんき》で、恋をするとやめさせられたり、

葵祭の斎王代

もともとこの祭りでは斎王が行列を組んでいたが、現在は斎王の代わりとして斎王代が輿に乗る。

恋人と引き裂かれたりすることもあったという。

式子内親王はその後一〇年以上にわたって斎院として過ごし、病のために役目を終えた。その後は兄の以仁王《もちひとおう》とともに三条高倉《さんじょうたかくら》の屋敷や萱御所《かやのごしょ》に、のちには後見人《こうけんにん》の藤原経房《つねふさ》の屋敷で暮らし、四〇歳を過ぎた頃に出家したと見られる。五〇歳頃に没するまで結婚した形跡はなく、生涯独身で過ごしたという。

恋のお相手は身分違いの年下の男性か

そんな恋愛とは無縁の生活を送った式子内親王だが、恋に恋をしていたのか、叶わぬ恋の歌を多く残している。そして、実際にある人物に恋をしていたという見方がある。

その相手は藤原定家《ていか》だといわれている。二人が出会ったのは、式子内親王が斎院を出たのちの一一八一（治承《じしょう》五）年。定家の父・俊成《しゅんぜい》が式子内親王の歌の師匠をしていた縁で、父に連れられ式子内親王のもとを訪れた。定家は二〇歳、式子内親王は三四歳前後だった。

実際のところ、このとき式子内親王は御簾の奥にいて、定家が彼女の姿を見ることはできなかっただろう。しかし、この日以来、式子内親王は定家の憧れの女性になったという。

運命の日のことを、定家は日記『明月記《めいげつき》』に「燻物《たきもの》の香《かおり》が馥郁《ふくいく》としていた」とだけ記している。だが、その後も父とともに何度も彼女のもとを訪れており、日記には式子内親王の病気を心配する記述などが多く見られる。その想いは恋であったかはわからないが、一方の式子内親王も、御簾越しに見る定家を憎からず想っていたのかもしれない。

だが、互いに惹《ひ》かれ合っても、立場上、実ることはない。だからこそ式子内親王の恋する気持ちは燃え上がり、このような激しい歌を詠ませたのかもしれない。想像の恋物語は、のちに世阿弥《ぜあみ》が能《のう》の『定家』で悲恋としてまとめ、世に広まった。

ただ、この恋物語を否定する意見もある。二人は年齢差がある上、身分も違い過ぎるため、実際に恋の相手となる可能性はないに等しい。この歌は、恋することを禁じられた一女性の、恋に対する激しい情念が生み出したものだったとも考えられる。

式子内親王をめぐる相関図

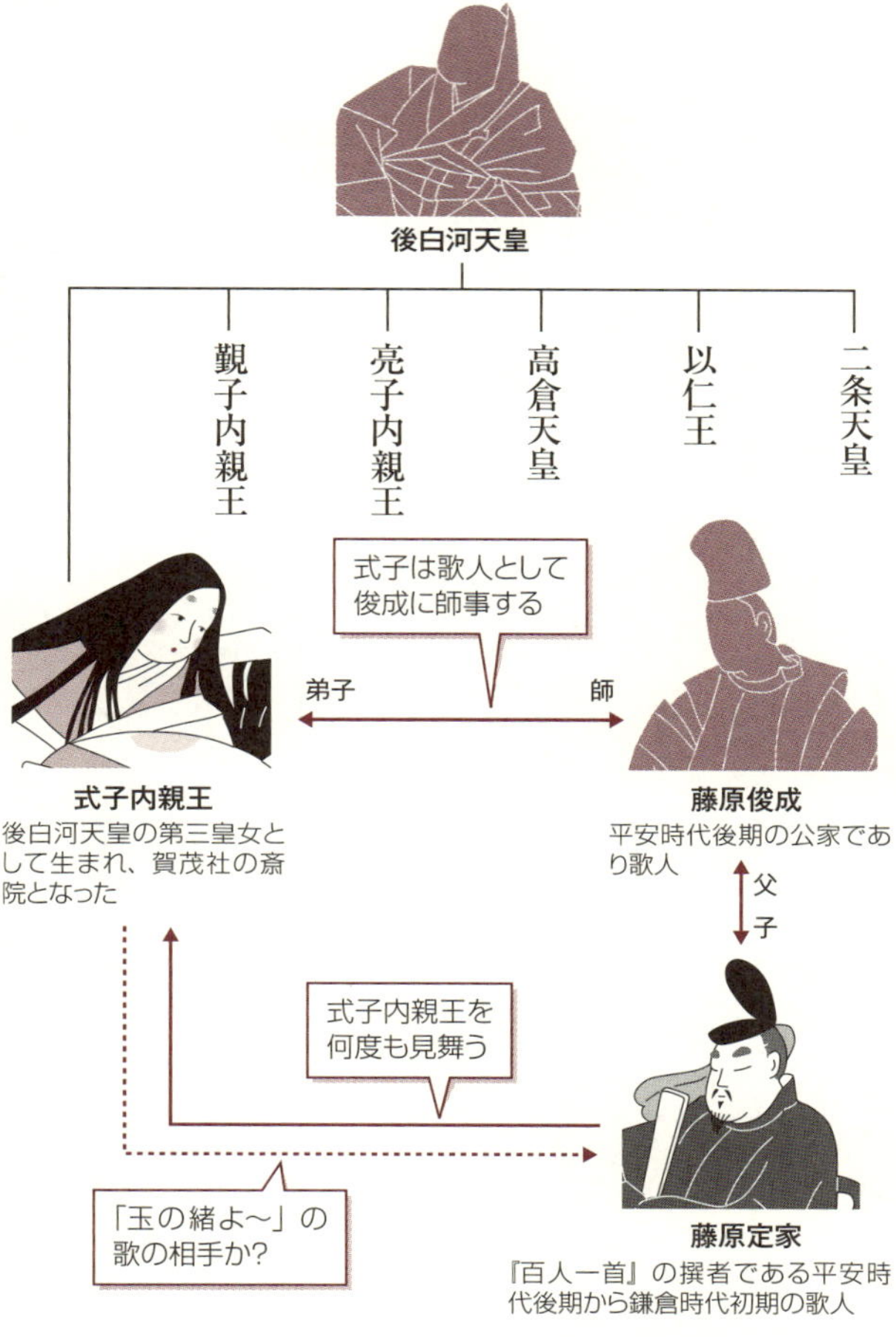

式子内親王は、その生涯の多くの時間を神への奉仕に割いた。役目を終えたあとも元斎院として清らかな生活を送る必要があり、自由な恋はできなかったものと見られる。

見《み》せばやな雄島《おじま》のあまの袖《そで》だにも
濡《ぬ》れにぞ濡《ぬ》れし色《いろ》はかはらず

殷富門院大輔《いんぷもんいんのたいふ》

血の涙で色の変わってしまった私の衣の袖をあなたに見せてあげたい。
雄島の漁師の袖も濡れるだろうが、私のように色が変わることはないだろう。

言葉遊びで誕生した「本歌取り」の秀作

藤原信成《のぶなり》の娘として生まれ、白河天皇の皇女殷富門院亮子《いんぷもんいんりょうし》内親王に仕えた作者は、当時から有名な歌人として知られていた。俊恵《しゅんえ》の白河の僧坊《そうぼう》「歌林苑《かりんえん》」の有力なメンバーであり、「見せばやな～」はそこでの歌合で詠まれたものである。彼女が得意としたのは本歌取り（古い歌を下敷きにして新しい歌をつくること）で、多くの作品を残している。

この歌も自身の恋心を詠んだものではなく、源重之《みなもとのしげゆき》の「松島《まつしま》や雄島《おじま》の磯《いそ》にあさりせし　あまの袖《そで》こそかくはぬれしか（松島の雄島の磯で漁《りょう》をしている漁夫のように、私の袖はあなたのせいでこんなにも濡《ぬ》れてしまった）」を本歌取りしたものだ。

大輔の歌の面白いところは、重之の歌をただ本歌取りするだけでなく、その歌に対する返歌としているところである。大輔は本歌の「あま」の比喩《ひゆ》を男性から女性に変えた上で、「雄島の漁師の袖は濡れたところで色は変わらないだろうけれど、私の袖の色は血の涙で赤く染まるほどよ」と告げる。

飛躍して解釈すれば、「漁師のあなたは女漁《おんなあさ》りに夢中になって涙の水で袖が濡れるそうだけど、漁られるほう（女性）はたまったものではないわ」というところだろうか。どこか言葉遊びを感じさせる歌からも垣間見《かいまみ》えるように、彼女自身は、現実の恋よりも歌の世界に生きがいを感じていたようだ。

時代を超えた歌合の解釈

本歌

松島や雄島の磯にあさりせし　あまの袖こそかくはぬれしか

（私の袖は、あなたのせいでこんなにも濡れてしまったよ）

受ける

応える

本歌取りの形をとった恋歌の応酬を見せた＝「**時代不同歌合**」

見せばやな雄島のあまの袖だにも　濡れにぞ濡れし色はかはらず

（私の袖は海水どころでなく血の涙で色も変わるわ）

この歌は、もとの歌を本歌取りするだけでなく、返歌として成立させたところに技術の高さが感じられる。

わが袖《そで》は潮干《しおひ》にみえぬ沖《おき》の石《いし》の
人《ひと》こそしらねかわくまもなし

二条院《にじょういん》讃岐《さぬき》

私の袖は潮が引いても見えない沖の石のように人は知らないでしょうが、恋の涙で乾く暇もありません。

恋の歌に秘められた父への想い

作者の二条院《にじょういん》讃岐《さぬき》は平安末期〜鎌倉初期の女流歌人で、弓の名手として著名な源頼政《よりまさ》の娘として生まれた。

源頼政は、ときの近衛《このえ》天皇が夜な夜な鵺《ぬえ》に怯えて病《やまい》に冒《おか》された際、鵺退治を指名され、見事退治したという逸話《いつわ》を持つ。これが評価され、頼政は鵺退治の褒美に若狭国《わかさのくに》矢代浦《やしろうら》を拝領《はいりょう》している。

その若狭国矢代浦には、昔から「沖の石」と呼ばれる岩があった。普段は海面に隠れており、舟人は船の腹をこすらないよう注意をはらって進んでいたという。

讃岐はその岩を見たことがあったのかもしれない。この歌は「石に寄せる恋」という題を与えられた際に詠まれたもので、彼女はかつて目にした海中に沈んだ石を用い、秘めた恋のイメージを見事に表現したのである。

和泉式部《いずみしきぶ》の「わが袖は水の下なる石なれや　人に知られで乾く間もなし」の本歌取りではあるが、「水の下なる石」を「潮干《しおひ》にみえぬ沖の石」と言い換えたことで、広大な海から白波が寄せては返す情景が目に浮かぶドラマティックな歌に変化させている。

この歌が評判となって二条院讃岐の名は広く知られることとなり、「沖の石の讃岐」というあだ名までついている。また、人に知られずぬれているものとたとえに用いた「沖の石」の表現も有名になり、宮城県多賀城《たがじょう》と若狭の二つの歌枕となった。

讃岐の父・頼政は平清盛《たいらのきよもり》の全盛の時代に、以仁王を奉じて平氏打倒の陰謀を抱き、一一八〇（治承《じしょう》四）年に挙兵《きょへい》するも、息子とともに討死《うちじに》している。そんななか、彼女はどのように生きてきたのか。

頼政の歌に「ともすれば涙に沈む枕かな　潮満《しおみ》つ磯の石ならなくに」という作品がある。頼政がほかの歌にも「離れ石」という表現を用いていることを考えると、讃岐の「わが袖は～」は恋歌として詠まれたものだが、その裏には父の不幸な出来事をひそかに歌に込める思いもあったのかもしれない。

在原業平が贈ったひじきに託された想い

『伊勢《いせ》物語』のモデルであるといわれている在原業平《ありわらのなりひら》は、平安時代を代表するモテ男子の一人である。

『和歌知顕集《わかちけんしゅう》』によれば、生涯に交わった女性の数は三七三三人ともいう。数の信憑性は低いが、いかに多くの女性と浮名を流したか、想像できるだろう。

平城《へいぜい》天皇の皇子阿保親王の子として生まれた業平には、あまたの恋物語が残るが、ひとつ面白いスキャンダルがある。それが、『伊勢物語』第三段だ。

その昔、業平が恋をした女性にひじき藻と「あなたも私と同じ気持ちでいるのなら、雑草が茂る廃屋で、引敷物の代わりに袖を敷いて共に寝ましょう」といった内容の歌を贈った。「ひじき藻」と「引敷物」をかけての贈りものである。

この女性は、のちに清和天皇の皇后となる藤原高子。当時十七歳だった高子は、すでに入内が決められていた。そこに業平が迫ったのである。高子の心は複雑だっただろう。だが、業平は強引に迫り続け、想いを遂げている。

これだけでもかなりのスキャンダルだが、さらに業平は、高子との駆け落ちを目論《もくろ》むが、この計画は失敗に終わる。その後、京都への居場所を失った業平は、東国への旅に出るのである。

第二章 激情ほとばしる愛の歌

筑波嶺《つくばね》のみねより落《お》つるみなの川《がわ》
恋《こい》ぞつもりて淵《ふち》となりぬる
陽成院《ようぜいいん》

筑波山の峰から流れる男女川の水がやがて大きな淵となるように、あなたへの恋心も積もり積もって淵になったよ。

狂気の天皇の恋心を実らせた歌

陽成院は清和《せいわ》天皇の皇子として生まれ、九歳で即位すると、その後七年間天皇位にあった。だが、一七歳のときに周囲から退位を迫られ、光孝天皇に譲位している。じつは彼は、幼い頃から動物を戦わせて殺し合いを眺めたり、罪無き人を殺すなどの奇行《きこう》を繰り返していたという。それがゆえに一七歳での退位となったと考えられる。

陽成院にとってこの歌は、大きな意味を持つ歌だったようだ。『後撰集《ごせんしゅう》』の詞書《ことばがき》には、「釣殿《つりどの》のみこに遣《つかは》しける」とある。釣殿のみことは、光孝天皇の皇女・綏子内親王《すいしないしんのう》だ。陽成院からすれば、天皇位を奪った憎い相手の娘に恋をしてしまったのである。

陽成天皇をめぐる人々

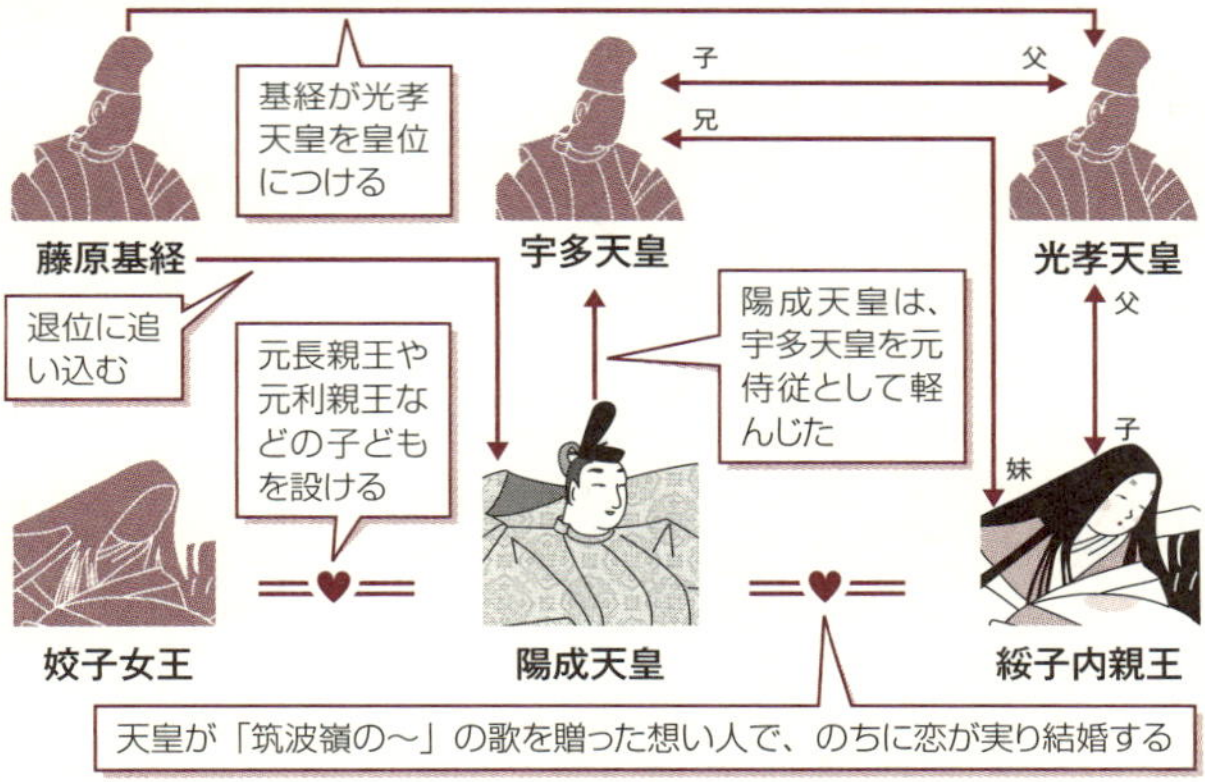

陽成天皇は荒々しい性格から人々に恐れられていたが、その歌は純粋で、想い人である綏子内親王と結ばれている。

筑波山《つくばさん》は常陸国《ひたちのくに》（茨城県）にそびえる山で、歌垣《うたがき》の場として知られていた。歌垣とは春は豊作、秋は収穫に感謝するため、未婚の男女が山や市《いち》に集まって歌い踊る神事《しんじ》で、性を解放して求愛した。そのため筑波山は、男女の恋のイメージを伴う歌枕《うたまくら》として定着していた。

歌では、男体山《なんたいさん》と女体山《にょたいさん》からなる筑波山から流れる川がやがて合流して深い淵をつくるさまを、自分の恋心が募《つの》るたとえに用いており、美しい情景が目に浮かぶ。

若くして廃位《はいい》となった陽成院。だが、その狂気に満ちた人生とは裏腹に、この歌は純粋な気持ちがあふれている。その真心が伝わったのか、のちに綏子内親王と結婚している。

君《きみ》がため春《はる》の野《の》に出《い》でて若菜《わかな》摘《つ》む
わが衣手《ころもで》に雪《ゆき》は降《ふ》りつつ

光孝天皇《こうこうてんのう》

あなたのために野に出て若菜を摘んだよ。
つむ袖に雪が降りかかるなか……。

「君」に贈る春の恋歌

『古今和歌集《こきんわかしゅう》』の詞書によると、この歌は光孝《こうこう》天皇が即位する以前、親王《しんのう》の時代に、ある人物に贈った若菜《わかな》に添えられていたという。若菜とは春の七草《ななくさ》に代表される食用草で、大地を萌《も》えそめるような生命力から、邪気《じゃき》を祓《はら》うものと考えられていた。そのため、古来、芽吹いたばかりの若菜を摘み、親しい人に贈る習慣があった。

その若菜に添えられた歌からは、雪のちらつく野で若菜を摘む貴公子《きこうし》と、その袖《そで》に降りかかる春の淡雪《あわゆき》という一連の情景が目に浮かぶようだ。

では、光孝天皇が若菜と歌を贈った「君《きみ》」とは誰か。じつはその正体は定かでない。そもそも新年の若菜は縁起物《えんぎもの》で、女性が摘むものと決まっていた。つまり、天皇が若菜摘み

睦月に行なわれた年中行事

日付	行事名	内容
1日（元日）	四方拝	天皇が天地四方の神に拝し、五穀豊穣と国家安泰を祈願する。
	朝賀	午前中、天皇が群臣から拝賀を受ける。
	小朝拝	天皇が殿上人から拝賀を受ける。
	元日の節会	天皇が豊楽院にて群臣参加の宴を開く（のちに紫宸殿に代わる）。
7日	七草（人日）	春の七草を入れて炊いた粥を食べ、無病息災を祈る。
	白馬節会	紫宸殿の前庭にて、邪気を祓うとされる青馬が曳かれてくる。
11〜13日	県召の除目	地方官である国司の任命を行なう人事の儀式。別名：春の除目。
15日	望粥	七種の穀物を入れて炊いた粥を食べ、一年の邪気を祓う。
18日	賭弓	左右の近衛府と兵衛府の舎人が射技を行なう儀式。
最初の子の日	子の日の遊び	野に出て若菜を摘みとり、長寿を祝う。
最初の卯の日	卯杖・卯槌	卯杖と桃の木でつくった木槌を朝廷に献上し、邪気を祓う。

平安時代、宮中では四季を感じさせるさまざまな行事がとり行なわれていた。1月でおもなものだけでも上図のように11もの行事があった。

の女性の立場になって詠んだ歌とも解釈できる。だが、やはり王朝《おうちょう》時代の和歌で「人」といえば、女性を指す場合が多いため、親王の想い人であったと考えたい。

また、若菜と恋歌のあいだには深い関係がある。『万葉集』巻一《かんのいち》に収録される「籠《こ》もよ　み籠持ち　堀串《ふくし》もよ　み堀串《ぶくし》持ち、この丘《おか》に菜摘ます児《こ》　家聞かな　告らさね　そらみつ（後略）」は、雄略《ゆうりゃく》天皇の御製《ぎょせい》とされる歌である。若菜を摘んで神に捧げる聖処女《せいしょじょ》に呼びかけた神歌で、恋歌の原型ともいわれている。この歌に「君がため〜」を重ね合わせると、春の到来と恋の歓《よろこ》びに心躍《こころおど》るさわやかな恋歌とも読める。

作者の光孝天皇は、仁明《にんみょう》天皇の第三皇子

で、博識《はくしき》かつ聡明《そうめい》。思いやりがあり、人望を集めたという。容姿《ようし》端麗《たんれい》で気品を備えていたというから、艶《つや》やかな話もあっただろう。

五五歳で位についた遅咲きの天皇

一方ではのどかな情趣とは裏腹《うらはら》に、歌から政治的側面を読みとることもできる。

光孝天皇は、第三皇子という立場上、本来であれば天皇になれる見込みはなかった。ところが清和《せいわ》天皇の跡を継いだ陽成《ようぜい》天皇が若くして急きょ譲位《じょうい》したことが転換期となる。多くの親王たちのなかで誰が次の天皇位につくのか。このときフィクサーとなったのが当時の実力者・藤原基経《ふじわらのもとつね》であり、基経が選んだのが光孝天皇だった。

当時五五歳という老齢の親王が天皇位についたのには、伏線があったという。それがこの「君がため～」の歌である。「君」は藤原基経その人を指しており、本来、若菜を奉《たてまつ》られる側である親王が、奉る側である基経と立場を逆にした歌は、当時の藤原氏と天皇家の力関係を示している。そして歌は基経の意にかない、光孝天皇の即位につながったと考えられるのだ。純真な恋歌か、はたまた恋歌の形式をとった政治的な歌なのか。いずれにせよ、光孝天皇即位が基経の後押しなしに実現しなかったのは事実である。

光孝天皇と基経の関係図

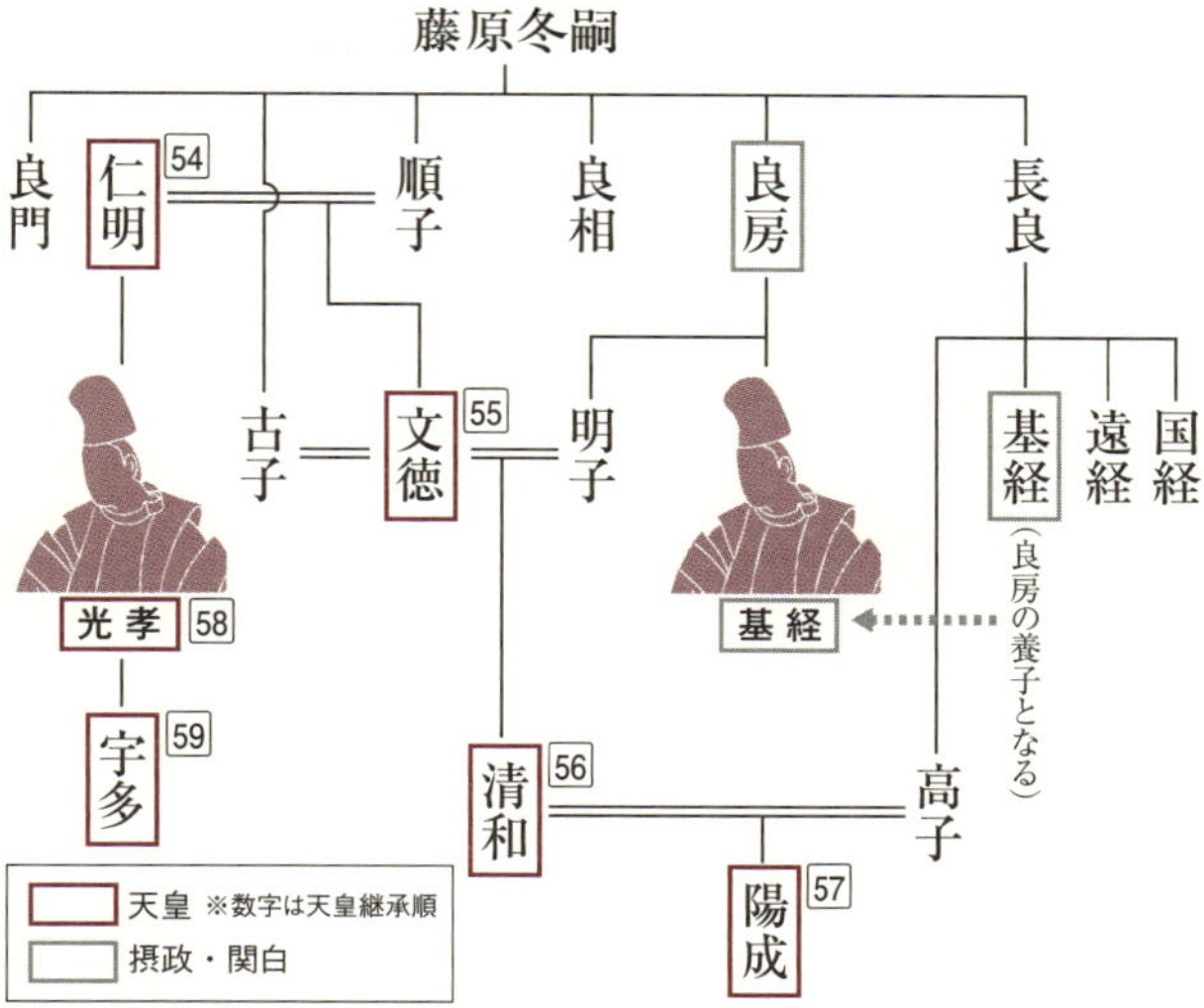

光孝天皇は皇位継承までのあいだ、父親である仁明天皇から数えて3代も待たなくてはならなかった。

「君がため〜」の歌の三つの解釈

一　光孝天皇が想い人である女性に贈った恋の歌

二　光孝天皇が、若菜摘みに励む女性の立場に身を置いて詠んだ恋の歌

三　光孝天皇が、政治的な計算からフィクサーである基経に贈った歌

「君がため〜」は一見、初々しく若い親王が詠んだ恋歌のようだが、実際のところ政治的な側面のもと詠まれた可能性がある。

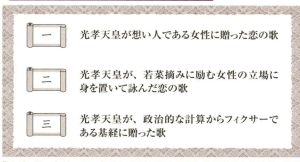

わびぬれば今《いま》はたおなじ難波《なにわ》なる
みをつくしても逢《あ》はむとぞ思《おも》ふ
元良親王《もとよししんのう》

こんなにもつらい思いをするのなら、もう我慢してもしなくても同じだ。
難波の海の澪標のように身をほろぼしても、あなたに逢いたい。

平安のモテ男の不倫スキャンダル

平安時代には、『源氏物語《げんじものがたり》』の主人公・光源氏《ひかるげんじ》もかくやという有名なプレイボーイが実在していた。そのなかでもトップスリーとされるのが、絶世《ぜっせい》の美男子《びなんし》・在原業平《ありわらのなりひら》、さまざまな女性と浮名《うきな》を流した平貞文《たいらのさだふみ》、そしてこの歌の作者・元良親王《もとよししんのう》だろう。

元良親王は、前項に登場した陽成院の第一皇子である。「あの姫が美しい」と聞けばすぐに歌を贈るまさにプレイボーイで、一夜を共にした女性は数知れず。そのため「一夜めぐりの君」の異名があったほどだ。また、『元良親王御集』に収められる和歌のほとんどが女性とのあいだで交わされた贈答歌《ぞうとうか》だというから徹底している。

色好みの元良親王だが、そのときどきの相手には、常に真剣だったようだ。

『摂津名所図会』

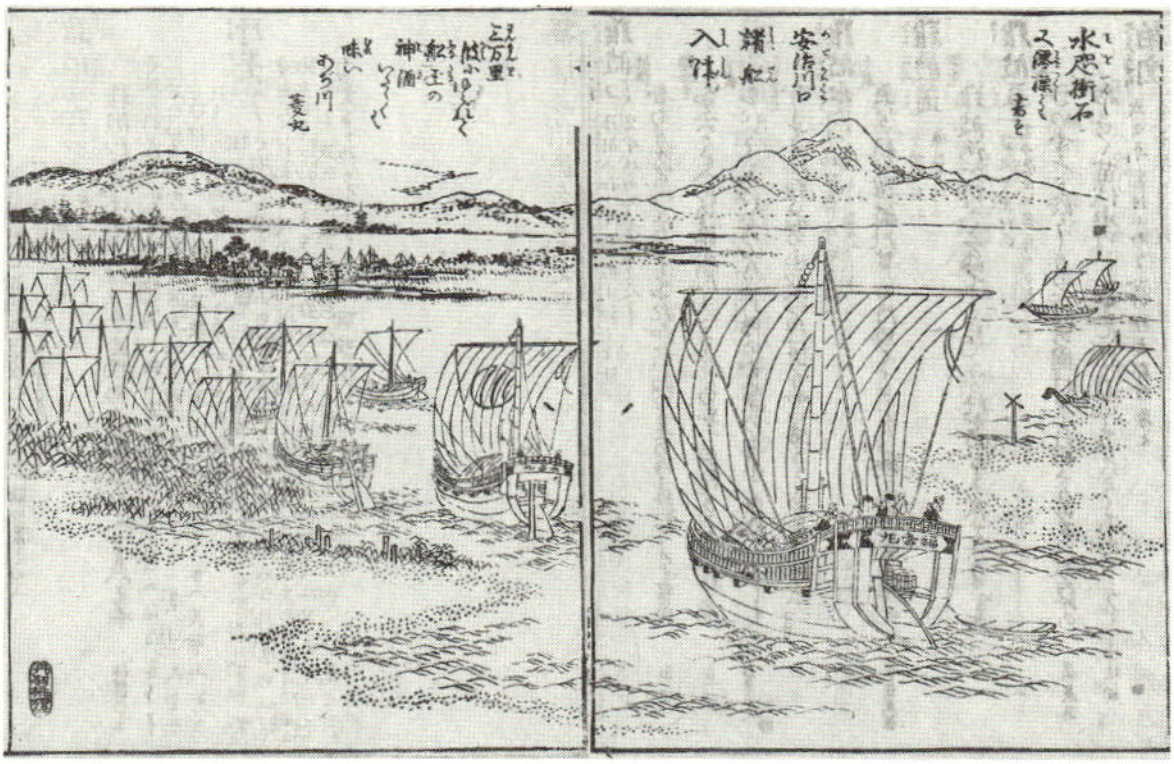

写真右側中央部に海から突き出た棒の上にバツ印がついたものが見える。これが澪標であり、船を安全に航海させるのに必要不可欠とされた（国立国会図書館蔵）。

この歌も、そんな彼の本気があらわれている。だが、逢うためならこの身が破滅してもいいとは、穏やかでない。なぜ元良親王は命を賭《と》したのか。

それはこの恋が不倫《ふりん》であったため、そしてお相手がなんと宇多院《うだいん》の妃《きさき》である京極御息所《きょうごくのみやすどころ》（藤原褒子《ほうし》）だったためだ。親王と天皇の妃との関係は秘密裏《ひみつり》に進められた。

命がけの恋に落ちて

褒子は菅原道真《すがわらのみちざね》を失脚《しっきゃく》に追い込んだ左大臣《さだいじん》藤原時平《ときひら》の娘で、美人と評判の女性だった。本来は宇多院の息子・醍醐《だいご》天皇の女御《にょうご》として入内《じゅだい》するはずだったのだが、その直前に宇多院が左大臣の家を訪れ、「この女御は私がいただく」と宣言して自分のものにしたという逸話《いつわ》がある。宇多院の妃となった褒子は、その後、三人の皇子をもうけて京極御息所と呼ばれるようになった。

二人が不倫関係にあった時期ははっきりしない。ただし、褒子が最初の皇子をもうけたのが宇多院のもとに入ってから一〇年ほど経ってからとされているので、そのあいだだったろうと考えられている。

宇多院には何人もの妻がいたが、天皇は褒子をほかの誰よりも寵愛《ちょうあい》していた。その褒子に手を出したのだから、周囲に知られれば、一大スキャンダルである。それなのに元良親王は、一夜を明かした別の女性のもとから褒子に愛の歌を届けてみせるなど、大胆な行動を繰り返した。

結果、関係は露見《ろけん》し、元良親王と褒子は逢うことを禁じられ、周囲からは白い目で見られることとなった。苦しい境遇に置かれたこの身、これ以上事態が悪くなることもあるまい、いっそ我慢などせずあなたに逢いたいと訴えたのがこの歌である。

その後二人はどうなったか。じつは密通《みっつう》事件がどのように処理されたのか、それを示す記録はない。元良親王が処罰された形跡はなく、褒子もその後に皇子をもうけていることから、世間は世紀の不倫スキャンダルに意外にも寛容《かんよう》だったのかもしれない。

元良親王と褒子に関係した人々

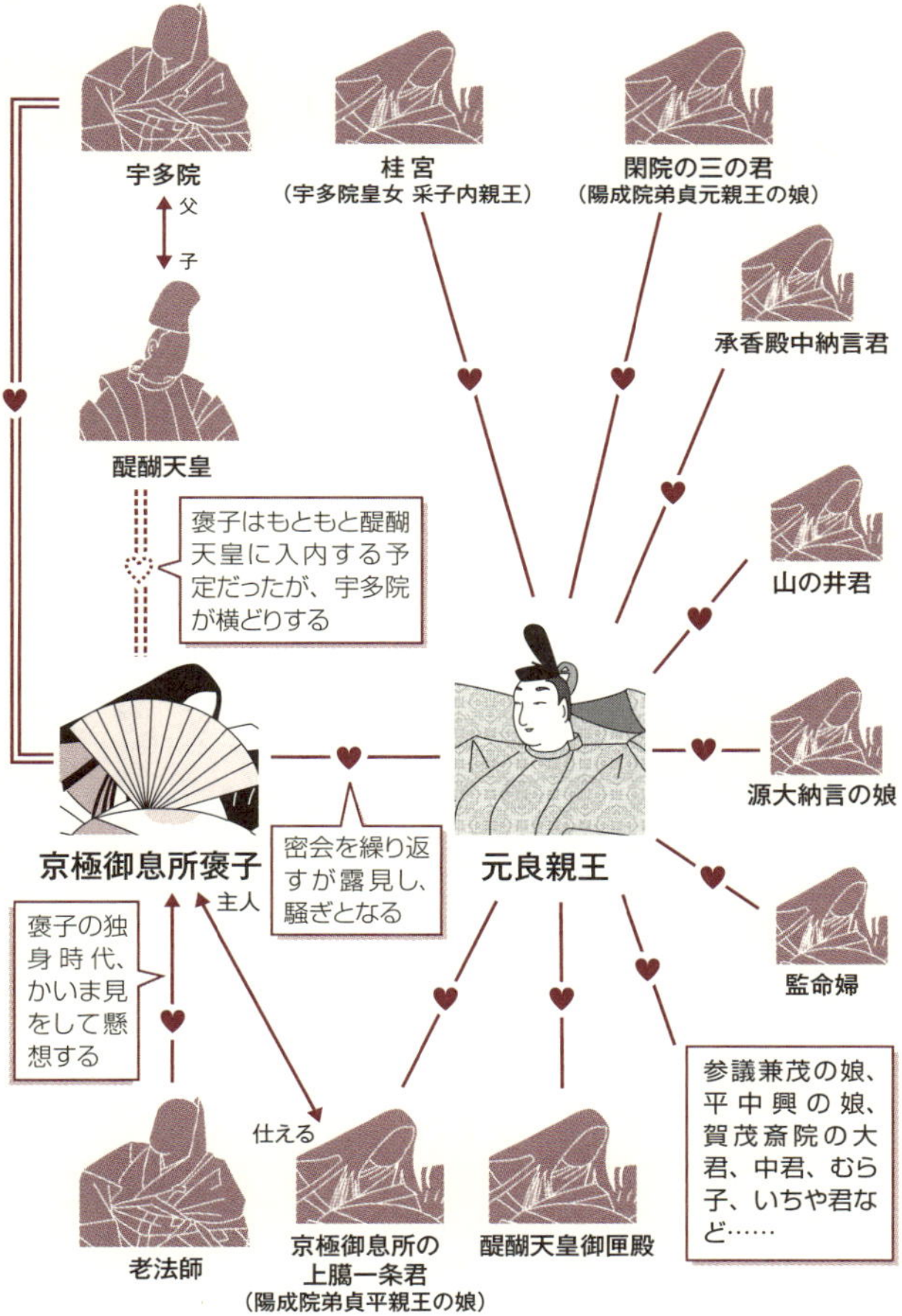

元良天皇は恋多き貴公子として知られるが、褒子もまたその美しさから数多くの男性から愛の告白を受けた。彼女の独身時代には褒子を盗み見た老法師がわざわざ家を訪ねてきたこともあった。

有明《ありあけ》のつれなく見《み》えし別《わか》れより
あかつきばかりうきものはなし

壬生忠岑《みぶのただみね》

明け方の月はつれなく残っていたが、あの別れ以来、暁の月ほど憂鬱でつらいと思われるものはない。

一夜を過ごしたあとの男心を綴る

夕方、女性のもとを訪れた男性は、暗いうちに家をあとにする。そうして愛を育《はぐく》む平安時代の男女にとって、暁《あかつき》（午前三時〜午前五時）は別れのときだった。

夜明け前、人目につかないうちに女性のもとから去る男が、空を見上げてみれば、有明《ありあけ》の月がよそよそしげに光を放っている。それを目にした男は、別れたばかりの女性を恋しく思い、さびしさとつらさを嘆《なげ》かずにはいられない、そんな歌だ。

ただ、つれなくしたのは「女性」か「月」か解釈がわかれる。女性であると解釈する場合、女性がつれない態度で逢ってもくれず、つらい気持ちで帰路《きろ》についている情景と読める。他方、月と解釈すると、恋人と別れたばかりの男性の心理を月に投影《とうえい》した歌であると

平安時代の「朝」の表現

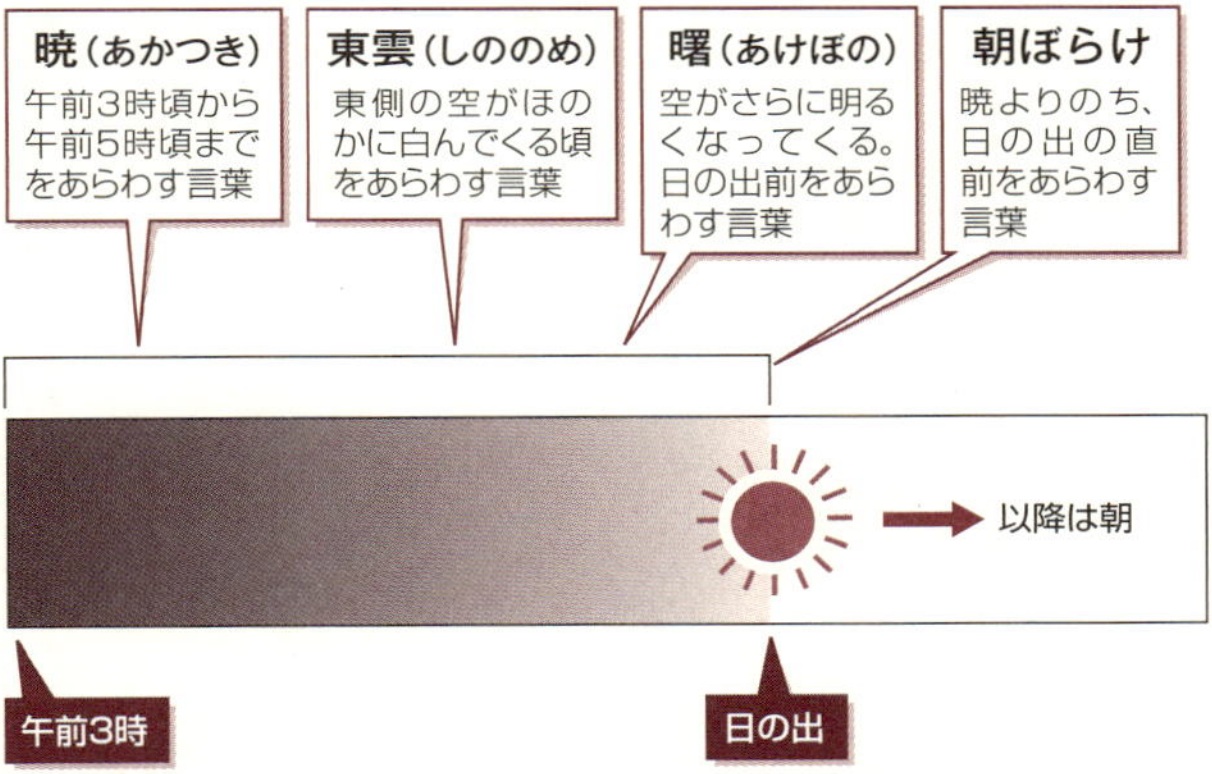
暁（あかつき）
午前3時頃から午前5時頃までをあらわす言葉
東雲（しののめ）
東側の空がほのかに白んでくる頃をあらわす言葉
曙（あけぼの）
空がさらに明るくなってくる。日の出前をあらわす言葉
朝ぼらけ
暁よりのち、日の出の直前をあらわす言葉
以降は朝
午前3時
日の出

平安時代における「朝」の表現は多彩だった。まだ日が出る前の暁の時間は、男女の別れの時間でもあり、多くの歌の題材にもなっている。

読める。藤原定家は「月」説をとり、後《うし》ろ髪《がみ》をひかれる思いで夜道を歩く男性が冷たい月を見てつれなく思った歌だと解釈している。

だが、現代では月と女性の両方をさすという見方がある。『古今和歌集』において、作者の壬生忠岑《みぶのただみね》が「逢はずして帰る恋（恋人のもとを訪ねるも、逢えず帰る恋）」の歌群にこの歌を収めているからだ。逢ってくれない女性と、冷たく照らすだけの月。そのよそよそしさが、男性のさびしさをかきたてる。

壬生忠岑は、右衛門《えもん》の府生《ふしょう》という宮中警備の下役に過ぎなかったが、歌は『古今和歌集』に三五首、『後撰集』以下の勅撰集に約四七首も選ばれるなど、歌人としては華々《はなばな》しい活躍を見せた。

人《ひと》はいさ心《こころ》も知《し》らずふるさとは
花《はな》ぞ昔《むかし》の香《か》に匂《にほ》ひける

紀貫之《きのつらゆき》

あなたの気持ちはどうかわからないけれど、
奈良の梅は昔どおりの香りで私を迎えてくれているよ。

参詣によって再会する二人

詞書によればこの歌は、大和国《やまとのくに》（奈良県）の長谷寺《はせでら》を訪れた紀貫之《きのつらゆき》が、ある人物と再会を果たした折に詠んだ歌である。平安時代の貴族は仏教への信仰が深く、男性も女性もたびたび寺へ参詣《さんけい》してはお籠《こ》もりをし、夜通し説教《せっきょう》を聴いて過ごす「物詣《ものもうで》」をする風習があった。そして貴族たちのあいだで人気が高かったのが長谷寺だった。

貫之が長谷寺に参詣し、かつての定宿をたずねたときのこと。主人から「お見限りですね」と言われ、傍《かたわ》らに咲いていた梅の花を一枝折って即興《そっきょう》で一首詠んだ。それが「人はいさ〜」の歌で、梅の花を通じ、自分の想いが変わらないことを相手に伝えたのである。

では、歌の送り先である主人の性別は男性か女性か。この時代、男同士が恋を演じて歌

長谷寺の桜

現在周辺は桜の名所として知られるが、貫之の時代は梅の名所であった。
現在も境内には黄梅、紅梅、白梅などさまざまな梅が設えられている。

を詠むことはいくらでもあり、貫之が得意としていた漢詩《かんし》においては、男同士の友情が主題とされていることを考えれば、男性であったかもしれない。だが、花を贈る相手と考えれば、女性と解釈したほうが、ロマンがある。

家集『貫之集』には返歌《へんか》があり、それと重ね合わせるとぐっと恋めいた印象になるのだ。貫之の歌に対し、主人の返歌は次の通り。「花《はな》だにも同じ香《か》ながら咲くものを　植《う》ゑたる人の心しらなむ（あなたはこの花を植えた私の気持ちもわかってくれないの）」。貫之を待ち続けたことを、花に託して返したのだ。

さらに想像力を豊かにすれば、この女性と貫之はかつて心を通わせていた可能性がある。『古今和歌集』には、貫之の「越《こ》えぬまは吉野《よしの》の山《やま》の桜《さくら》ばな　人づてにのみ聞《き》き渡《わた》るかな」という歌が収録されている。吉野は大和国の一地方。詞書に「大和に侍りける人に遣しける」とあり、久しく逢えない大和の恋人に想いを伝えようとした歌と解釈できる。

大和にいた想い人

想い人は先の長谷寺の主人なのか。断定はできないが「越えぬまは」と「人はいさ」の相手を同じ女性と想像すると、一つの恋物語が思い描かれる。

貫之は、久しく逢えずに想いを募らせていた大和の想い人を訪れるが、女性は久々の恋人の来訪に、嬉しさよりも憎らしさが先立ち、「お見限りですね」と皮肉《ひにく》たっぷりに出迎えてしまう。その言葉に貫之は思わず「あなたこそ心変わりしてしまったのでは」とやり返し、女性は「私の気持ちをわかってくれないの」と恨み言をぶつける。愛《いと》しさと怨《えん》じる想いがない交ぜになったやりとりを交わすうちに、いつしか二人のあいだの心の垣根《かきね》が消え、気持ちが再び通い合う。そんな男女の一瞬の艶《つや》めいた世界をも感じさせてくれる。

作者の紀貫之は、『古今和歌集』の編纂《へんさん》を手がけた当代一流の歌人である。日記文学である『土佐日記《とさにっき》』を執筆するなど、優《すぐ》れた作家としての側面も持ち合わせていた。

宿の主人の性別についての考察

女性説の根拠

- 「梅の花を添えて歌を贈る」とあることから、花を贈る相手としてふさわしい女性と考えられる
- 「いろ見えでうつろふものは世の中の人の心の花にぞありける（小野小町）」の恋歌を踏まえた可能性がある

男性説の根拠

- 当時、男同士のやりとりを、男女のやりとりとして演じて楽しむ風習があった
- 中国の文学である漢詩の主題は男の友情のみを扱う。漢籍に詳しい貫之であれば友情を男女の恋として演じた可能性も十分ある

貫之の歌の相手は、男性説・女性説ともにいわれているが、いずれも断定に足る根拠はない。だからこそ、恋歌とも友情の歌とも読むことができる。

王朝時代に使われた文の種類

文の種類	形　状	用　途
立て文	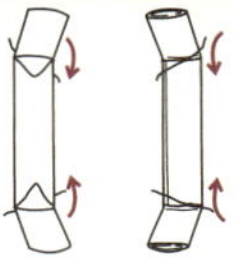	文章を書いたものを礼紙で縦に巻き、その上にさらに包み紙を巻いて上下の余った分をひねる。正式かつ事務的な手紙に用いられた。
結び文	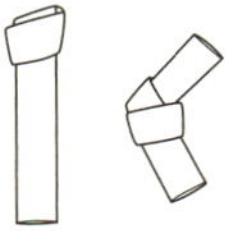	文章を書いたものをたたんで横に結ぶ手紙。結び目は上のほうであったり真ん中であったりした。プライベートの手紙に用いられた。
文付け枝		結び文に季節の植物を一枝折ったものに結びつけて贈る手紙。自分の感情を枝で表現した。おもに恋文で用いられた。

メールや電話のない平安時代において、情報の伝達手段として活用されたのが文である。仕事用とプライベート用などでその形状や紙を使い分けていた。

逢《あ》ひ見《み》ての後《のち》の心《こころ》にくらぶれば
昔《むかし》は物《もの》を思《おも》はざりけり

権中納言敦忠《ごんちゅうなごんあつただ》

あなたと逢い、一夜を遂げたあとの切なさに比べれば、逢う前は物思いなどなかったようなものだなぁ。

逢ったことでますます焦がれる

この歌は、作者がはじめて女性のところに通った翌朝に送った「後朝《きぬぎぬ》の歌《うた》」だ。「後朝」は「きぬぎぬ」と読み、漢字で「衣々」とも書く。これは脱いだ着物を重ねて共に寝た翌朝、互いの着物を着て別れる風習からついた言葉で、なんとも艶っぽい。

前述したように、この時代の男性は、夕方に女性のもとを訪れたのち、夜が明ける前に辞さなければならなかった。そして帰宅した男性がすぐに行なうのが、和歌を相手に遣《つか》わすこと。この和歌が「後朝の歌」であり、歌が届けられるのが早ければ早いほど、情愛が深いと考えられていた。逆にいえば、歌が届かなければ、気持ちがないということ。そのため女性は、首を長くして愛しい男性からの和歌を待ちわびていたのである。

敦忠の周辺の女性たち

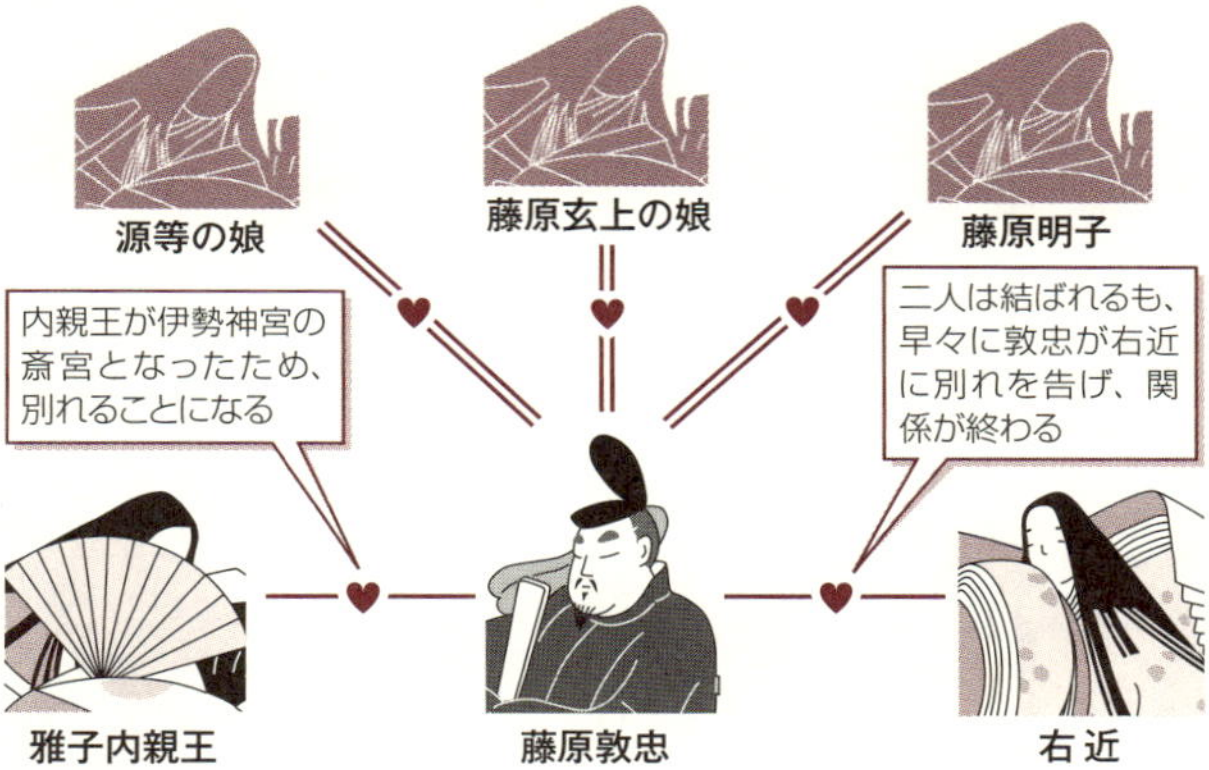
源等の娘
藤原玄上の娘
藤原明子
内親王が伊勢神宮の斎宮となったため、別れることになる
二人は結ばれるも、早々に敦忠が右近に別れを告げ、関係が終わる
雅子内親王
藤原敦忠
右 近

眉目秀麗でかつ和歌や管弦にも親しんだ敦忠は、女性とのやりとりも多かったようだ。とくに愛したと伝わるのが、藤原玄上の娘だったという。

そんな後朝の歌のなかでも、愛する人とはじめて結ばれた翌朝の歌は、特別だろう。逢ってしまったからこそ、逢えない時間がいっそうつらい。片想《かたおも》いをしていた頃も秘めた想いに苦しんでいたはずだったのに、その頃のほうがよほど気楽だったと切々と訴える。

この歌は「逢ひて逢はざる恋（一度思いが通じた後、逢えない恋心）」を歌った代表作とされる。恋とは複雑なもので、実れば嬉しいが、実れば実ったで嫉妬《しっと》や不安など、実る前にはなかった感情が生まれ、苦しむことになる。

作者の権中納言敦忠《ごんちゅうなごんあつただ》は、権勢を誇った藤原時平の三男で、政治よりも恋に生きた人物だったと伝わる。

みかきもりゑじのたく火《ひ》の夜《よる》は燃《も》え
昼《ひる》は消《き》えつつ物《もの》をこそ思《おも》へ

大中臣能宣《おおなかとみのよしのぶ》朝臣《あそん》

宮廷の門を守る衛士の焚くかがり火が夜は燃え、昼は消えているように、私の恋心も夜は燃え、昼は消え入るばかりに思い悩んでいます。

●かがり火に託した想い

作者は伊勢神宮《いせじんぐう》の祭主《さいしゅ》で、梨壺《なしつぼ》の五人（村上《むらかみ》天皇が和歌所に集めた歌人）の一人にも選ばれた大歌人大中臣能宣《おおなかとみのよしのぶ》とされる。しかし、『古今和歌六帖《こきんわかろくじょう》』には「君がもるゑじのたく火の昼はたえ　夜は燃えつつ物をこそ思へ」という歌が作者不明で記載されており、「みかきもり〜」はこの歌の異伝であると考えられている。

この歌は宮廷の門を守る衛士《えじ》（ガードマン）が夜に焚《た》くかがり火を、自分の心になぞらえ、恋の切なさを詠んでいる。闇に燃え盛る炎のように熱く胸を焦《こ》がしたかと思えば、夜明けと共に消され、静まる火のように恋の物思いに沈んでしまう。「昼」と「夜」、「燃え」と「消え」などの対句《ついく》を用いて、一日中恋に思い悩む心の動揺を詠んだ幻想的な恋の歌で

こらむ

『更級日記』に見られる衛士の恋物語

『更級日記』には衛士と帝の姫君との恋物語が描かれる。郷里に帰りたいとこぼす衛士の愚痴を耳にした姫君が、「私にその故郷を見せておくれ」と頼む。衛士は恐れ多いと思いながら、姫君を武蔵国に連れ帰った。追っ手が迫るも姫は「帰らない」と譲らない。そこで折れた帝が二人のために立派な邸を建ててやったという物語で、身分違いの恋が、ハッピーエンドで終わる珍しい話である。

ある。その切なさは、衛士たちの境遇と重ねて歌を味わうことで、より実感をともなうのではなかろうか。

衛士は諸国の兵士から選びぬかれて都に送られてきた精鋭たちで、都で宮門の警護、行幸《ぎょうこう》時の行列の警備などにあたった。

休みの日は武器の訓練を行ない、父母の死に際しても帰郷が許されないなど、労働環境は厳しかったという。

故郷に置いた家族を思いながら任期（初期は一年、のちに三年）を務め上げるのだが、任期以上に長く使役《しえき》されるケースがあり、望郷の念を深くしたのも当然だろう。

彼らの日常を歌と重ね合わせると、愛しい人への募る気持ちがいっそう伝わってくる。

君《きみ》がため惜《お》しからざりしいのちさへ
長《なが》くもがなと思《おも》ひけるかな

藤原義孝《ふじわらのよしたか》

あなたに逢えるのなら捨てても惜しくないと思っていた命も、
あなたに逢えた後では少しでも長く続いてほしいと思うものだ。

早世した若き貴公子の後朝の歌

「君がため〜」は、恋人と夜を共にした翌朝に、恋人に贈った後朝の歌である。

当時の恋愛は手紙のやりとりからはじまるのが常で、男性から手紙を受けとった女性は、自筆の手紙や歌をむやみに贈らず、返事をするにも代筆《だいひつ》を立てたり、反発するような歌を返した。これを「切り返しの歌」という。

男性は歌と手紙を贈り続け、女性はときどき返す。こうしたやりとりを繰り返しながら、女性は男性の知識や教養のほどを見極め、逢うに値《あたい》する人物かを判断した。じらされる側の男性としては、「逢いたい」気持ちが募《つの》り、「逢えれば死んでもいい」などと口走ることも少なくなかっただろう。

義孝の周辺の女たち

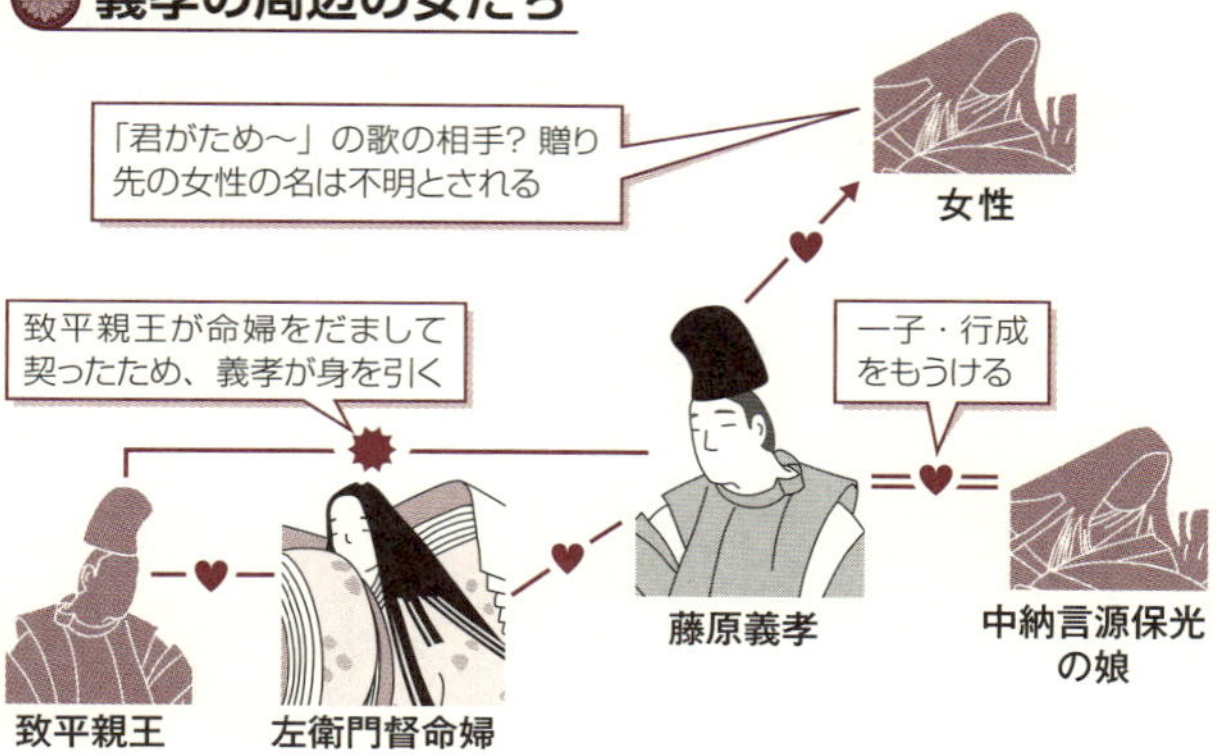
「君がため〜」の歌の相手? 贈り先の女性の名は不明とされる
女性
致平親王が命婦をだまして契ったため、義孝が身を引く
一子・行成をもうける
藤原義孝
中納言源保光の娘
致平親王
左衛門督命婦

美しい貴公子として知られた義孝は、たびたび恋をするもその結末はいずれも幸福とは言いがたかった。早世したこともあり、激しい恋情がこもった「後朝の歌」の相手とも、長くは続かなかったと見られる。

だが、いざ恋が実ったところで命を落としてしまっては意味がない。実ったからには、できるだけ長生きし、愛する人と共に過ごしたいと思うのが本音だろう。この歌は、まさにそんな想いを綴っている。

藤原義孝《よしたか》は一条摂政《いちじょうせっしょう》・伊尹《これただ》の四男として生まれ、中納言《ちゅうなごん》源保光《やすみつ》の娘を妻とし、一子・行成《ゆきなり》を得た。美男子の上、装束《しょうぞく》も立ち居振る舞いも素晴らしい人物だったという。しかし、義孝は天然痘にかかり、二一歳という若さでこの世を去る。

一命も惜しくないと思った恋が叶い、叶ったからには長く生きたいと望む。自然な心の変化だが、罹病《りびょう》によって命を落とすとは、まさに世は無常ということだろうか。

明《あ》けぬれば暮《く》るるものとは知《し》りながら
なほうらめしき朝《あさ》ぼらけかな
藤原道信朝臣《ふじわらのみちのぶあそん》

夜が明けると必ず日が暮れる。そうすればあなたに逢えることはわかっているが、それでも別れて帰らなければならない明け方が恨めしい。

後朝の別れがたい心情

詞書には「女のもとより雪ふり侍《はべ》りける日かへりて遣《つかは》しける」とあるように、後朝の歌である。平安時代の貴族は早起きで、冬は七時前、夏は四時半頃の開門にあわせて出仕した。まだ夜が明けきらぬうちに、愛しい人の肌のぬくもりから離れなければならない、それだけでもつらいのに、外に出てみれば凍《い》てつくような寒さ。別れの時間がいっそう恨《うら》めしく思い、一年でもっとも短い冬の昼間でさえも逢わずにいられないと、詠んでいる。

藤原道信《みちのぶ》は太政大臣《だじょうだいじん》藤原為光《ためみつ》の子で、見目麗《みめうるわ》しく人柄も奥ゆかしい好青年で、「いみじき歌の上手」と将来を嘱望《しょくぼう》されていた。

誰もが認める優秀な貴公子だったが、「明けぬれば～」のような順調な恋ばかりでなく、

道信のまわりの男と女たち

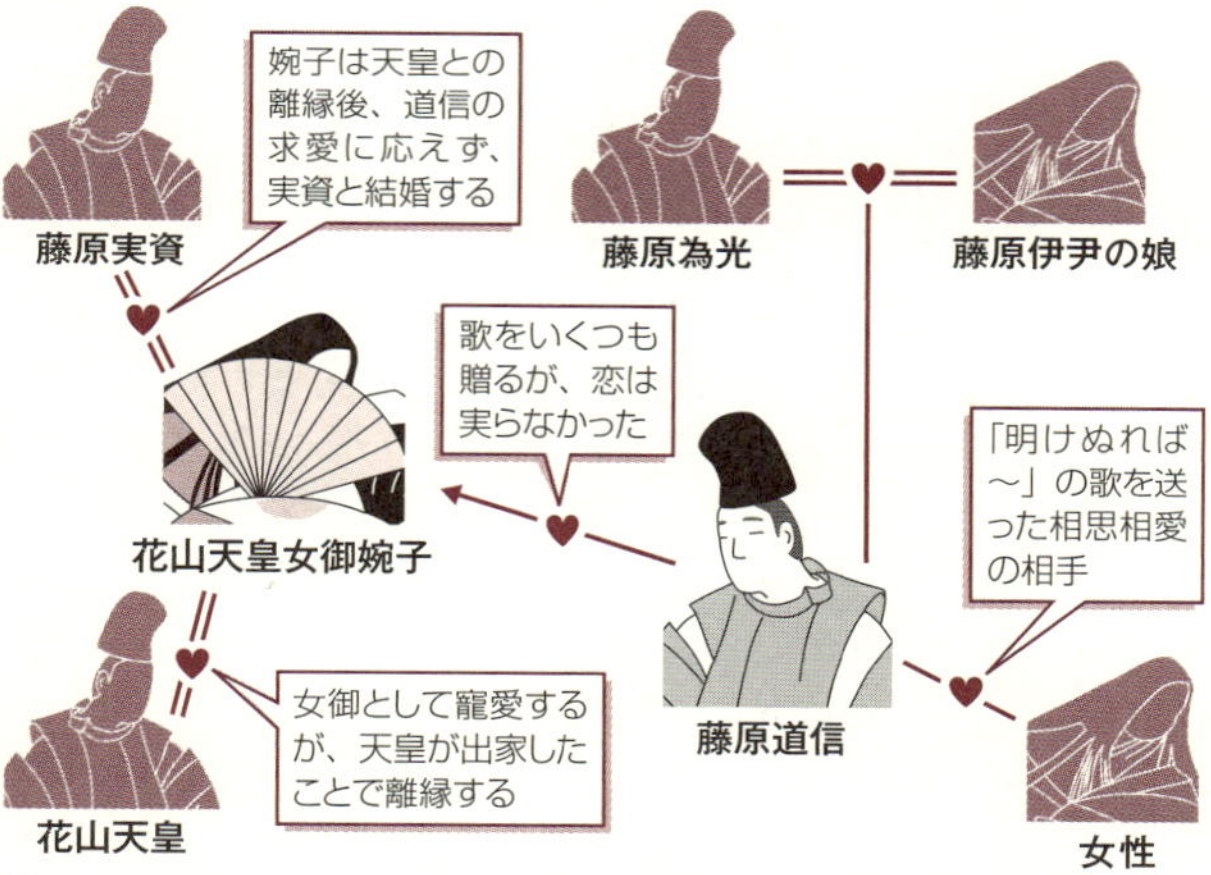

藤原道信もまた、前項の義孝同様、若いうちに疱瘡にかかり死去したと伝わる。だが、短い人生のうちにも女性たちとの恋を楽しみ、愛を育んだ。

大失恋を経験したこともあった。

相手は花山《かざん》天皇の女御・婉子《えんし》。花山天皇が若くして出家《しゅっけ》した際、婉子もわずか一六歳で宮中を退出することになった。道信は美しい婉子に恋心を抱き、熱い想いを手紙で訴え続けたが、彼女が選んだのは、財産も社会的地位もあった大人の男・藤原実資《さねすけ》だったのである。

「明けぬれば～」の歌が詠まれたのが、この失恋の前か後かはわからない。もしあとであれば、痛手があったがゆえに、新たな恋を得た喜びは大きかっただろう。大切にしたいという決意ともいえる強い思いが、歌に込められているのかもしれない。

忘《わす》れじの行《ゆ》く末《すえ》まではかたければ
今日《けふ》を限《かぎ》りの命《いのち》ともがな
儀同三司母《ぎどうさんしのはは》

「忘れないよ」というあなたの言葉がいつまでも続くものだとは思えません。だから私は今日を最後に死んでしまいたいと思います。

三日間通い続けて結婚成立

作者である儀同三司母《ぎどうさんしのはは》は、摂政関白内大臣《せっしょうかんぱくないだいじん》藤原道隆《みちたか》の妻・高階貴子《たかなしのきし》のことである。詩《しい》歌《か》や漢学《かんがく》に優れた才媛《さいえん》で、円融院《えんゆう》に仕え、道隆の妻となった。儀同三司とは息子・伊周《これちか》の役職名で大臣に准ずる地位にあたる。

歌は、道隆が貴子のもとに通いはじめてまもない頃に彼女が夫に贈ったもの。恋がかなった喜びはいうまでもないが、女性にとって恋の成就は、不安のはじまりでもあった。

当時の恋愛は、求愛時こそ女性に主導権があったが、成就すれば立場は一変。男性は妻や愛人を複数持つことができるし、どの女性の家に行くかも男性が決められた。一方の女性はただ待つだけで、たとえ「愛している」といわれても、それが永遠に続く保証はどこ

平安時代の結婚式の手順

日数	時間	内容
1日目	昼頃	妻の家に消息使が赴き、婿の作った歌を伝える
	夕方	婿が牛車に乗り込み、行列をなして妻の自宅へ向かう
	夜	①婿が妻の家に上がったのち、婿の沓を舅と姑が懐に抱いて寝る ②脂燭係が両家の火を合わせて几帳の前に灯す ③婿と妻が几帳のなかに入り、共寝する ④装束を改めた夫婦が几帳から出たのち、祝宴が開かれる
	夜明け前	婿が妻宅から帰宅する
2日目	夜	婿が妻宅に通い、共寝する
	夜明け前	婿が妻宅から帰宅する
3日目	夜	①婿が妻宅に通い、共寝する ②露顕（披露宴）を行なう ③夫婦を親戚や知人に披露し、承認を得る

平安時代の結婚は、「男性が女性の家を三晩続けて通う」だけで成立した。強制力のある法律も存在しないため、男性は多くの妻を持つことができた。

にもなかった。

結婚といっても法的な手続きがあるわけでもなく、夫が通ってこなくなれば自然に離婚が成立したからである。

男のしのび通いからはじまった恋は、双方の同意と女性の親の許可があれば婿《むこ》入りの形で挙式となった。挙式の流れは、吉日《きちじつ》を選ぶことからはじまる。

当日、男が行列を仕立てて女の家に出向くと、婿が持参した火と女の家の火を合わせて几帳《きちょう》の前に灯される。その後、婿と女は几帳のなかに入り、共に伏せた二人の上を夜具《やぐ》で覆《おお》う儀式が行なわれた。

夜明け前に自宅に帰った婿は、その後二日間行列を仕立てて女の家に通う。三晩続けて通えば結婚成立となり、途中で通わなくなれば、破談《はだん》となるのだ。

三日間通ったら披露宴《ひろうえん》が開かれ、三日夜《みかよ》の餅《もち》を新郎新婦《しんろうしんぷ》が食べる。三日夜の餅は枕元に盛られた白い丸餅で、二人が餅を食べることで男は妻の家に認められた。続いて露顕《ところあらわし》と呼ばれる祝宴が開かれ、夫婦の成立を周囲に知らせるのである。

結婚が成立したからといって女は安心できない。同じ手順を踏めば男は何人でも妻を持つことができ、婿が通ってこなくなれば自然消滅で離婚成立となる。そのため女の家では、婿をつなぎとめようと姑《しゅうとめ》と舅《しゅうと》が心を砕いたという。

夫の死後、さびしい晩年

「命ともがな」と言い切った貴子のその後はどのようなものだったのだろうか。

道隆にはほかに多くの女性がいたが、貴子は伊周や定子《ていし》らを生み、妻としての地位を安定させている。道隆は父兼家《かねいえ》の跡をついで摂政《せっしょう》関白《かんぱく》になり、娘の定子は一条《いちじょう》天皇の皇后になるなど、一家は繁栄した。貴子も道隆の妻、皇后の母として幸せの絶頂にいただろう。

しかし、幸せは永遠ではなかった。道隆が四三歳の若さで病没。伊周は道隆の弟道長との権力争いに敗れて左遷《させん》され、定子も若くして死去し、貴子もさびしく世を去った。

儀同三司母の夫・道隆の女性関係

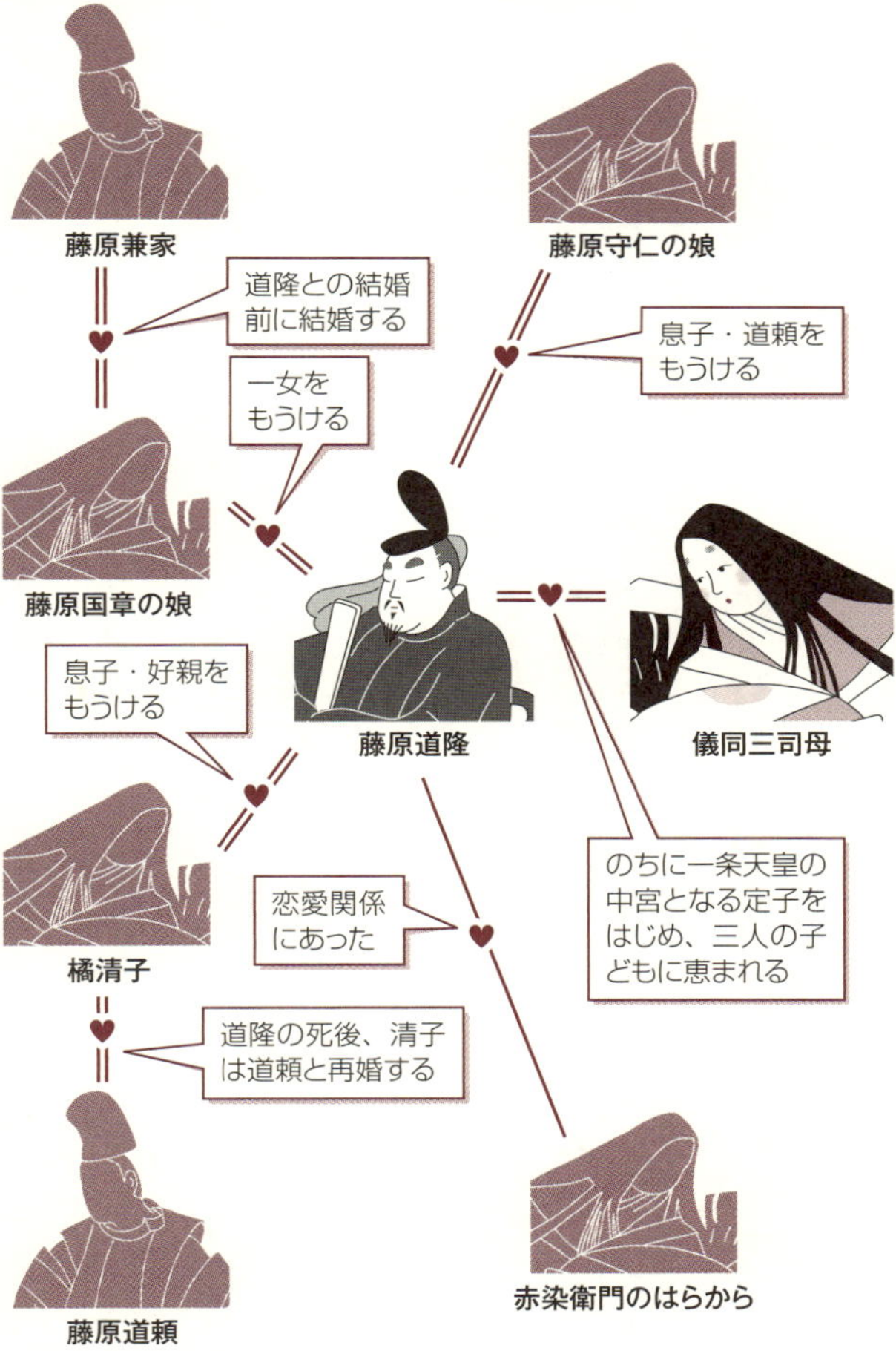

関白として実権を握った藤原道隆は、その財力や地位もあって多くの女性と恋を楽しんだ。その分、泣かされた女性も多く、儀同三司の母も何度と泣く枕を濡らしたことだろう。

有馬山《ありまやま》猪名《いな》の笹原《ささはら》風吹《かぜふ》けば
いでそよ人《ひと》を忘《わす》れやはする

大弐三位《だいにのさんみ》

有馬山近くの猪名の笹原が、風に吹かれてそよそよと音をたてます。そうよというその音のように、どうしてあなたを忘れるはずがあるでしょうか。

「通う男」と「待つ女」の悲哀

この歌は、ご無沙汰《ぶさた》の恋人が「あなたの心変わりが心配です」と贈ってきた歌に対する返歌である。つれない恋人からの問いかけに、作者の心に広がったのは、上三句の「有馬《ありま》山猪名《やまいな》の笹原《ささはら》風吹けば」そのものだっただろう。有馬山は現在の神戸市の六甲山《ろっこうさん》の北側の山々を、猪名は兵庫県の猪名川周辺の笹原を指す。平安後期以降、さびしい猪名の情景が多く詠まれており、笹原の荒涼《こうりょう》としたイメージが持たれていた。

美しい調べの歌だが、この歌の詞書によれば、大弐三位《だいにのさんみ》は「離《か》れ離《が》れになる男のおぼつかなくなど言ひたるに」詠んだという。つまり、自分の不誠実さを棚に上げ、女性の心変わりを責めた男性に対し、しっぺ返しの意味で詠んだ歌なのである。

大弐三位と交際した男たち

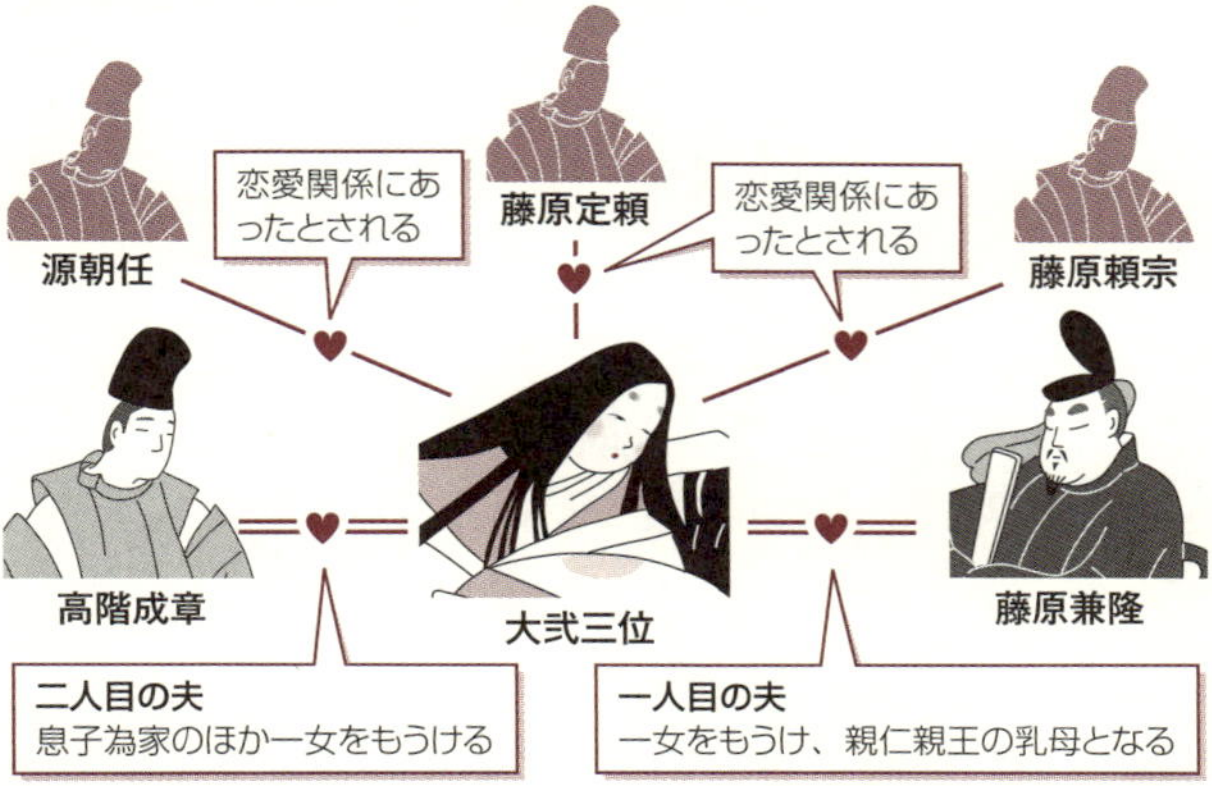

紫式部の娘である大弐三位は、どちらかというと恋より女友だちを優先する母・紫式部とは異なり、恋を糧として、高い地位を獲得している。

さびしい情景の上三句を序詞《じょことば》としてさらりと流しながら、「そよ」にササの葉ずれの「そよそよ」という音と「そうよそうよ」という意味をかけながら、「白々《しらじら》しい。忘れているのはあなたの方でしょう」とやり返している。

この歌の背景にあるのもまた、「通う男」に「待つ女」の構図である。男性は通う苦労を、女性は待つ悲しみを歌に詠んだ。

作者の大弐三位は、藤原宣孝《のぶたか》と紫式部《むらさきしきぶ》のあいだに生まれた娘で、本名を賢子《けんし》という。歌人として活躍した。駆け引き上手を思わせる歌からわかるように、恋多き女性だったようだ。二度の結婚を挟んで母と同じ中宮《ちゅうぐう》彰《しょう》子《し》に仕えたのち、後冷泉《ごれいぜい》天皇の乳母《うば》になり、三位にまで栄進している。

夜《よ》をこめて鳥《とり》の空音《そらね》ははかるとも
よに逢坂《おうさか》の関《せき》はゆるさじ

清少納言《せいしょうなごん》

夜も明けないうちに鳥の鳴きまねでだまそうとしても、函谷関ならともかく、逢坂の関が開くことはありません（だまそうとしても逢わないわ）。

宮廷きっての才女の即興歌

『枕草子《まくらのそうし》』の作者であり、才女と名高い清少納言《せいしょうなごん》らしい教養が盛り込まれた歌である。中国の戦国時代、斉《せい》の王族・孟嘗君《もうしょうくん》が処刑されそうになり、函谷関《かんこくかん》まで逃げた。関は一《いち》番鶏《ばんどり》の鳴き声を合図に開ける規則があり、部下の鶏《にわとり》の鳴きまねで無事通過できたという『史記《しき》』の故事に基づいている。幼い頃から和漢《わかん》の教育を受け、素養を見込まれて一条《いちじょう》天皇の皇后定子に仕《つか》えるようになった才女の面目躍如《めんもくやくじょ》ともいうべき一首だ。

歌の贈り先は、彼女とのあいだに恋の噂《うわさ》もあった藤原行成《ゆきなり》である。行成は、天皇の蔵人《くらうど》頭《のとう》（秘書官長）である有能な官吏で、天皇の使いとして皇后方に参上することも多かった。応待役の清少納言となじみになり、相手の才能を認め合って親しく交際していたようだ。

清少納言のおもな男性関係

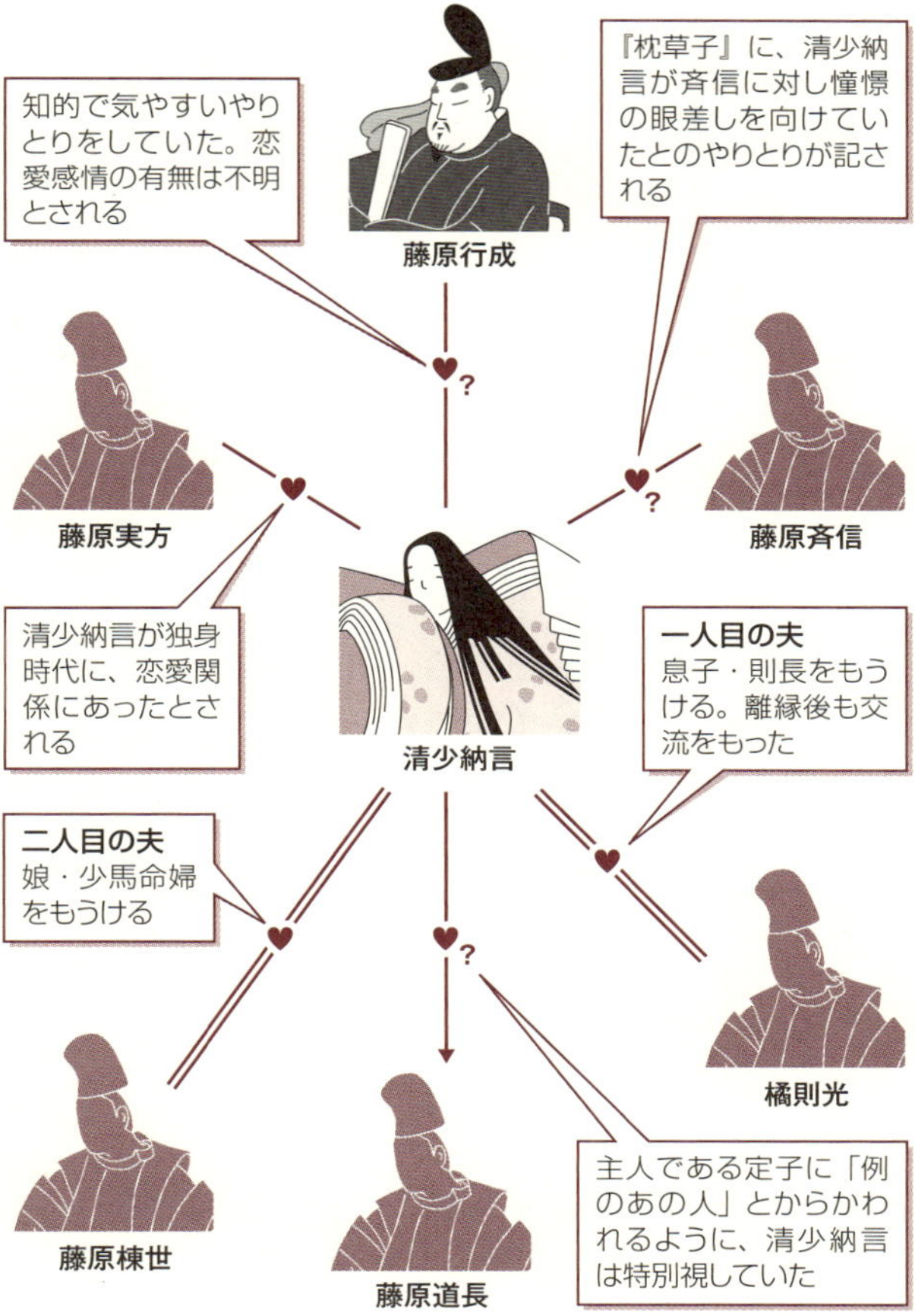

才女と謳われ、恋のイメージがあまりない清少納言だが、宮仕え以前から宮仕えのあいだまで、さまざまな男性と交流を持ち、知的なやりとりをしたと伝わる。

『枕草子』には、歌が詠まれたいきさつが詳しく述べられている。あるとき、定子のもとに参上していた行成は清少納言らと話し込んでいたが、夜が更《ふ》けたところで中座した。その非礼をわびるべく、行成が送ってきた手紙には洒落《しゃれ》っ気《け》をこめて「鶏の声にそそのかされて」とあった。清少納言が「その鶏の声は孟嘗君のそれですか」と返すと、行成は「いいえ、山城《やましろ》と近江《おうみ》の国境にある逢坂《おうさか》の関です」と送ってよこした。逢坂の関は男女が逢うことにかけた和歌の歌枕《うたまくら》で、行成は男女の話にすりかえて口説《くど》いてきたのである。

対する清少納言の返事が、「夜をこめて～」の歌であり、「逢いませんよ」と知性で軽くあしらったのである。その後も行成は「逢坂は、鶏が鳴かないのにいつも開いている越えやすい関ですよ」ときわどい歌を贈ってきたが、清少納言はそれには返事をしていない。男女の関係云々というよりも、知識を持つ者同士の機知《きち》に富んだ応酬《おうしゅう》だったといえる。

「一番鶏」が暗示するもの

このように恋愛遊戯《ゆうぎ》と目される歌だが、じつは「鳥の空音《そらね》」に注目すると、もう一つの解釈が浮かんでくる。一番鶏の鳴く頃といえば、暁《あかつき》（午前三時）になったことを知らせる合図。平安時代の男女にとっては、男性が女性のもとから帰る時間にあたり、男と女の

二つにわかれる歌の解釈

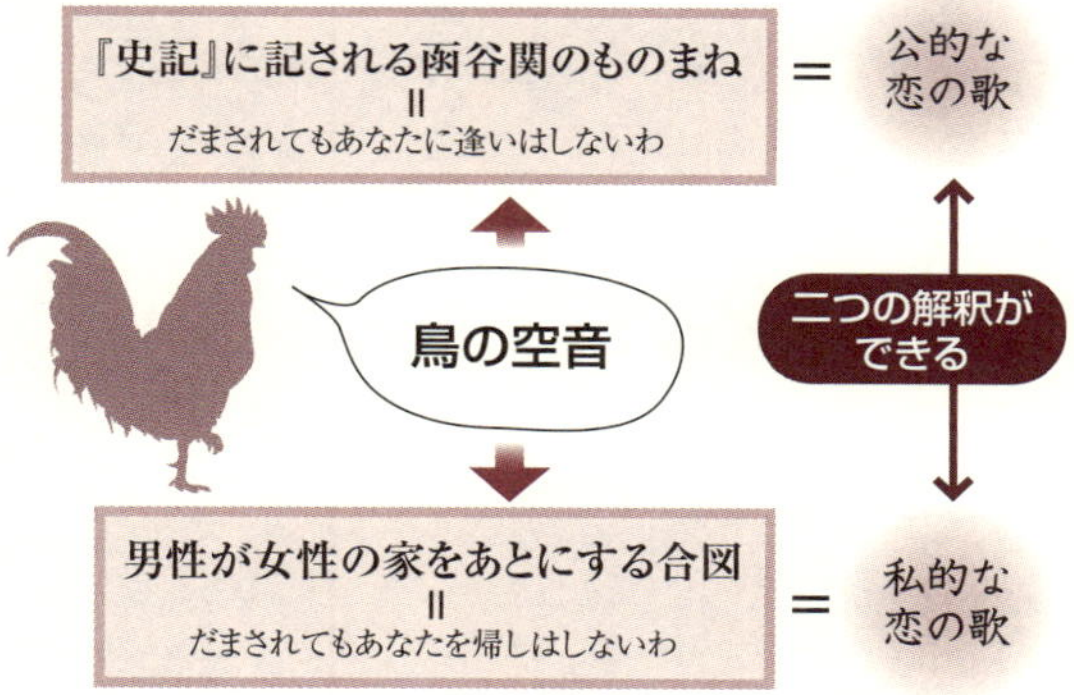

一般的な解釈は、清少納言が恋のアピールをしてくる行成を、うまくはねのけた歌だといわれるが、「空音」に着目すると、恋する女性像が浮かび上がる。

別れを示唆《しさ》する言葉といえる。それを踏《ふ》まえると、「夜明けの合図が聞こえてもあなたを帰しません」と、去っていく男性を引き留めようとする女性の姿が浮かび上がる。

清少納言の恋愛遍歴《へんれき》といえば、若い頃に橘則光《たちばなののりみつ》と結婚するもうまくいかず、のちに藤原棟世《むねよ》と再婚している。また、藤原氏の有力者・藤原実方《さねかた》との恋愛が知られるほか、宮仕えのあいだには幾人か親しい男性が取りざたされており、その一人が行成だった。

函谷関と逢坂の関という技巧を駆使して「逢いません」とつっぱねたのは表向きで、実際のところは「あなたを帰したくないわ」という秘めた想いがあったのではないか。そんな恋の行方が気になる歌でもある。

今《いま》はただ思《おも》ひ絶《た》えなむとばかりを
人《ひと》づてならでいふよしもがな
左京大夫道雅《さきょうのだいぶみちまさ》

今はせめて、あなたへの想いをあきらめてしまおうということを、人づてではなく直接逢ってあなたに言うことができればいいのに。

斎宮との禁断の恋

愛し合っているのに別れなければならない。それだけでもつらいのに、別れの言葉さえ、直接会って告げることが許されない。道ならぬ恋を前に、血を吐くような絶望《ぜつぼう》の響きに覆《おお》われた苦しさが伝わるこの歌には、どのような背景があったのか。

そのいきさつは、『栄花物語《えいがものがたり》』に詳しい。作者・藤原道雅《みちまさ》の恋の相手は、三条《さんじょう》院の皇女であり、斎宮《さいぐう》を務め上げて都に戻った当子《とうし》内親王だった。

斎宮は、伊勢神宮の祭神・皇祖《こうそ》神天照大神《しんあまてらすおおみかみ》に天皇に代わって奉仕する、いわゆる巫女《みこ》である。天皇の御代《みよ》ごとに未婚の皇女から選ばれ、天皇の代替わりに職を解かれるまで奉仕するのが恒例となっていた。斎宮に選ばれた女性は潔斎《けっさい》につとめ、行列を仕立てて伊勢

斎宮一行の伊勢神宮への群行ルート

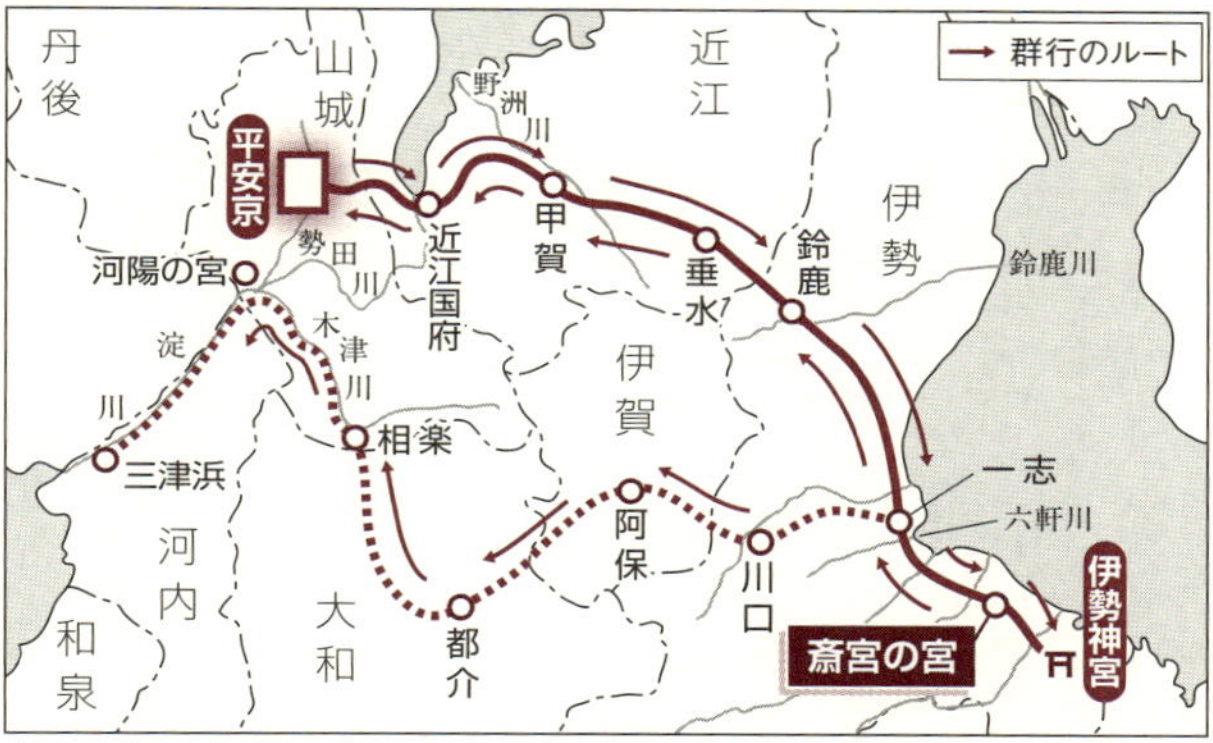

斎宮一行が斎宮御所に下向することを群行という。群行の儀について記された現存最古の例は、938年に行なわれた徽子女王（のちの斎宮女御）の記録である。

に赴《おもむ》く。神宮においては宮にこもり、俗界《ぞくかい》と縁《えん》を切って神に仕える神聖な存在であった。

　このように清らかな身であるがゆえ、役目を終えたあととはいっても、すぐに恋に乱れるようでは神への冒涜《ぼうとく》に当たると考えられた。だが、当子と道雅は恋に落ちた。その事実を知った当子の父・三条院が激怒し、二人の仲を引き裂いたのである。

　それでもあきらめきれない道雅は、次のような歌を贈っている。

「榊葉《さかきば》のゆふしでかけしそのかみに押し返《かえ》しても似たるころかな（斎宮の頃と同じように恋など遠いことと思い、私のことは忘れられたのでしょうか）」。つまり、自分を忘れてしまったのかと内親王の不実を責めたのである。

だが、これも三条院の耳に入ってしまう。ますます怒った三条院は、二人が逢うことはおろか、文を渡すことさえも禁じた。苦しい状況に置かれた道雅は、ついに別れを決意した。そうして詠んだのが「今はただ～」の歌である。

●「荒三位」と呼ばれた道雅

その後、二人はどうなったか。当子内親王は失意のうちに出家《しゅっけ》し、二三歳の若さで亡くなったという。一方の道雅も失恋から立ち直れなかった。天皇の怒りを買い、出世の道が閉ざされたこともあり、自暴自棄《じぼうじき》となって何度も暴力沙汰を起こし、「荒三位《こうさんみ》」と呼ばれるほど荒《すさ》んだ生涯を送っている。

思えば、道雅も気の毒な人であった。摂関家嫡流《ちゃくりゅう》の子として生まれ、世が世ならば輝かしい将来が約束されていたはずだったが、祖父・道隆の死後、父の伊周が道長に追い落とされ、不遇の生涯を余儀なくされたのである。

摂関嫡流から外され、一家が没落の一途をたどっていた道雅にとって、当子内親王との恋は唯一の生きる望みだったのかもしれない。それさえ絶たれた道雅の慟哭《どうこく》ともいえる言いようもない悲しさが伝わる歌である。

道雅と当子をめぐる人々

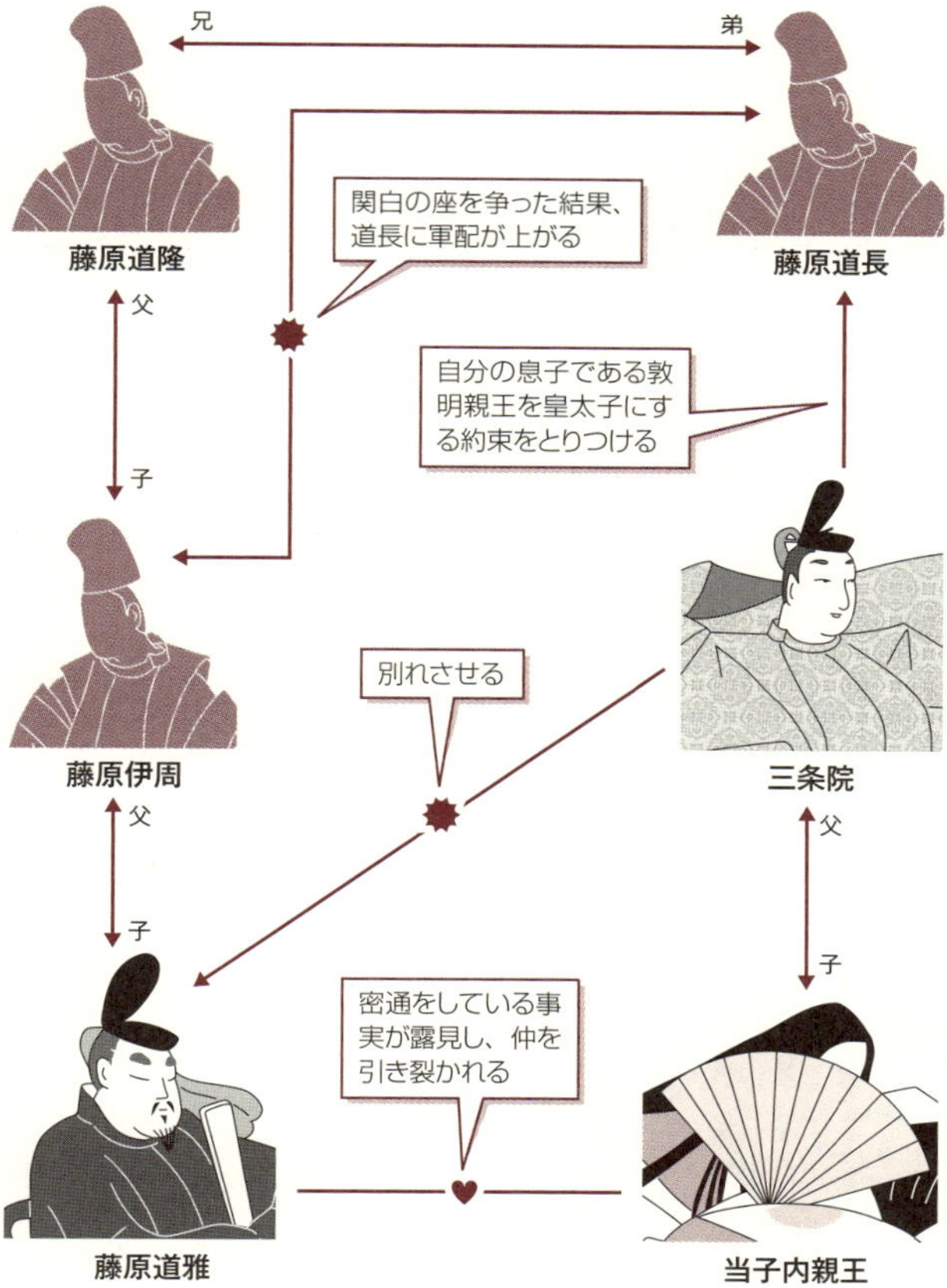

斎王としての役目を終えた当子は、道雅と恋に落ちた。しかし息子の即位を狙う三条天皇は、当時落ちぶれていた中関白家の子・道雅では政争に勝てないと考え、二人の恋を割いたと伝わる。

憂《う》かりける人《ひと》を初瀬《はつせ》の山《やま》おろしよ
はげしかれとは祈《いの》らぬものを

源《みなもとの》俊頼朝臣《としよりあそん》

あの人が私になびくようにと、初瀬の観音様にお祈りしたのに。初瀬の山おろしのように、いっそうつれなくなれとは祈らなかったのに。

技巧を駆使した難解な歌

「祈れども逢はざる恋（神仏に頼んでもかなわない恋）」という題で詠まれた歌である。

初瀬《はつせ》は、奈良県桜井市初瀬町の峡谷で、和歌の歌枕によく用いられていた地名だが、この歌ではその地にある長谷寺《はせでら》を指している。長谷寺は物詣《ものもうで》の寺として、また寺の本尊《ほんぞん》である十一面観音《じゅういちめんかんのん》が恋にご利益《りやく》ありとされ、多くの女性の信仰を集めていた。もちろん、参詣《さんけい》したことがある人なら、誰もが山から吹き降ろされる冷たい風を想像できただろう。

歌で詠まれるのは、次のような場面だ。作者は片想いの人と両想いになりたいと長谷寺に参拝して仏頼みした。ところがうまくいくどころか、相手の態度は冷たくなるばかり。ついつい文句の一つもいいたくなり、山風を通して観音様に不服を申し立てる……。

なかば八つ当たりの歌だが、独創性もさることながら、注目したいのはたくみな技巧だろう。本来であれば「うかりける人を」が、「はげしかれと祈らぬものを」にかかるのだが、あいだに「初瀬の山おろしよ」を序詞的に挿入したのがポイントだ。これにより、「初瀬」は仏頼みを、「山おろし」は想い人の冷たさを連想させ、風の激しさと恋のつらさの激しさを結びつけ、叶わぬ恋の心象風景を豊かに描き出している。

だが歌が難解すぎたためか、百人一首の草稿本とされる『百人秀《しゅう》歌《か》』において、俊頼作は別の歌がとり上げられている。

『百人一首』と『百人秀歌』の収録歌の違い

	歌	歌人
『百人一首』のみ	憂かりける人を初瀬の山おろしよはげしかれとは祈らぬものを	源俊頼朝臣
	人もをし人もうらめしあぢきなく世を思ふゆゑにもの思ふ身は	後鳥羽院
	百敷や古き軒端のしのぶにもなほ余りある昔なりけり	順徳院
『百人秀歌』のみ	よもすがらちぎりしことをわすれずはこひんなみだのいろぞゆかしき	一条院皇后宮
	春日野のしたもえわたるくさのうへにつれなく見ゆる春のあは雪	源国信
	山ざくらさきそめしよりひさかたのくもゐにみゆるたきのしらいと	源俊頼朝臣
	きのくにのゆらのみさきにひろふてふたまさかにだにあひみてしがな	藤原長方

百人一首と百人秀歌では、収録の歌が一部異なる。一首にのみ収録される歌が三首、秀歌にのみ収録される歌が四首存在しており、総数も異なる。

瀬《せ》をはやみ岩《いわ》にせかるる滝川《たきがわ》の
われても末《すえ》に逢《あ》はむとぞ思《おも》ふ

崇徳院《すとくいん》

流れの早さに、一度は岩にせきとめられて二つに分かれた流れがまた一つになるように、たとえ今は別れても、いつかもう一度あなたに逢おうと思うよ。

不遇な人生と重なる激情

自身が主催した『久安百首《きゅうあんひゃくしゅ》』で詠まれたこの歌には、二つに分かれ、やがて一つになる激流さながらに、事情があって別れた恋人といつか一緒になろうという強い決意が感じられる。その激しさは、崇徳院《すとくいん》自身の境涯《きょうがい》に重なるという見方がある。崇徳院は生まれたときから父・鳥羽院《とばいん》に疎《うと》まれた悲劇の天皇であった。というのも崇徳院は、鳥羽院の后と曽祖父である白河《しらかわ》上皇が通じて生まれたと疑われていたからだ。

崇徳院は幼くして即位したものの、やがて鳥羽院から弟の近衛《このえ》天皇に譲位《じょうい》するよう迫られる。そこで崇徳院は、近衛天皇の次に自分の子である重仁《しげひと》親王を天皇にする約束をして退位したが、近衛天皇の死後、反故《ほご》にされてしまう。

崇徳院はこの非情な行ないを恨《うら》んだ。父の鳥羽院と弟の後白河《ごしらかわ》天皇と対立するようになり、これがのちの大乱に結びつくことになった。折しも、摂関家でも内紛が起こり、関白藤原忠通《ただみち》と弟の頼長《よりなが》の仲が険悪となっていた。後白河天皇が忠通を重用し、頼長は崇徳院と結びつくなか、鳥羽院が崩御《ほうぎょ》。両者の対立は激化し、崇徳院は源為義《ためよし》らを動かして挙兵（保元《ほうげん》の乱）するも、平清盛《きよもり》や源義朝《よしとも》と結びついた後白河天皇に敗北した。こうして崇徳院は、讃岐《さぬき》へと配流《はいる》され、恨みを残したまま世を去った。

この背景を踏まえると、激情は、怨霊《おんりょう》にまでなった崇徳院の恨みの念のあらわれであり、自らの不遇な生涯に対する無念さや悲憤《ひふん》なのかもしれない。

崇徳院関係系図

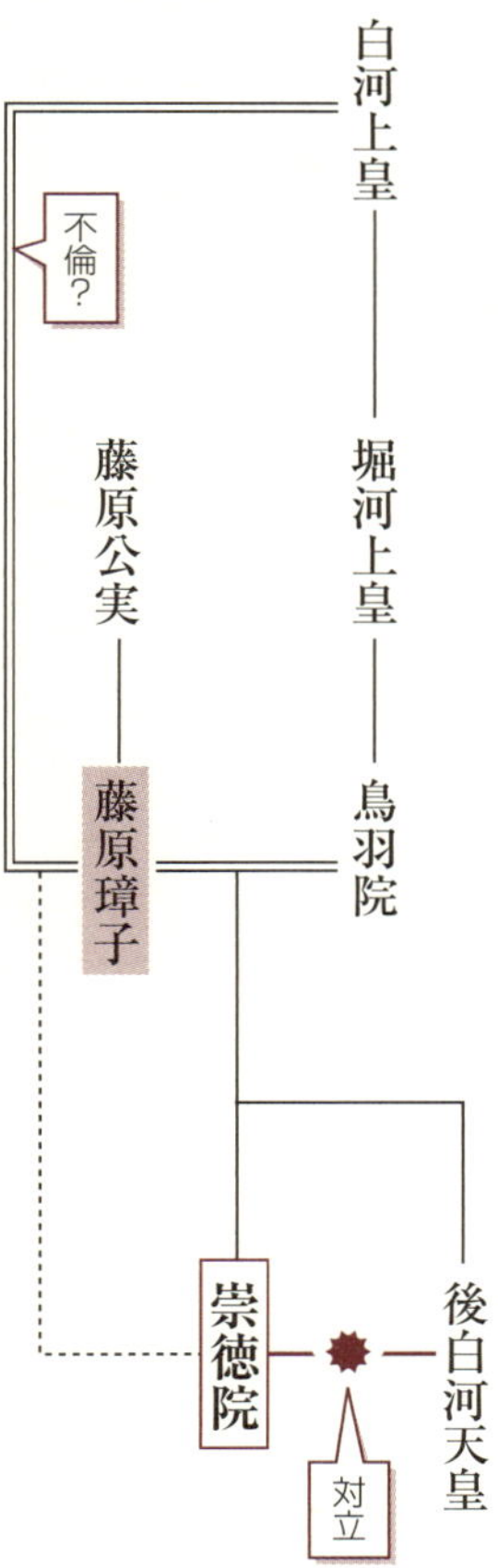

崇徳院は出生当時から、祖父の白河上皇と父・鳥羽上皇の妻・璋子が不倫の末にできた子だといわれた。そのため、父からは「おじご」と呼ばれたと伝わる。

長《なが》からむ心《こころ》も知《し》らず黒髪《くろかみ》の
乱《みだ》れて今朝《けさ》はものをこそ思《おも》へ

待賢門院堀河《たいけんもんいんほりかわ》

末永く愛するというあなたのお心もわからずに別れた今朝は、黒髪が寝乱れるように、私の心も乱れて物思いに沈んでいます。

乱れた黒髪の妖艶美

男性からの「後朝《きぬぎぬ》の歌」に対する返歌として詠まれたもので、百人一首のなかでもっとも官能的《かんのうてき》な歌だ。乱れた黒髪とは、単なる寝癖ではなく、男と共寝し別れた朝の寝乱れた髪のこと。乱れた黒髪に、恋の不安に襲われかき乱された心情を重ね、物思いにふける、しどけない姿の女性の姿が目に浮かぶようだ。

この歌は崇徳院主催の『久安百首《きゅうあんひゃくしゅ》』で詠まれた一首で、写本のなかに初句《しょく》が「長からぬ」と打ち消しになっていることから、身分の高い人との悲恋だったとも読み取れる。昨夜の甘い言葉を幸せに思うほど、絶望的な恋の行く末にうちひしがれる、そんな女の悲哀が寝乱れた黒髪に込められているともいえる。恋が成就した喜びよりもその先の不安感が勝っ

『源氏物語絵巻』

画面左手で女房に髪をすかせているのは、中の君。身長よりも長く髪を伸ばしていた時代、自分で髪の毛をすくことは難しく、姫君は女房らにケアをさせていた（国立国会図書館蔵）。

てしまうのは、平安時代の女性の宿命だった。

歌のテーマともいえる髪にあえて「黒」とつけているのは白髪との対比表現で、若さの象徴でもある。平安時代の女性にとって長くつややかな黒髪は美人の必須条件だった。髪の長さは、一メートルを優に超えるのが一般的で、自身の身長より長く伸ばす女性も珍しくなかった。

もちろん自分一人で手入れできず、侍女《じじょ》たちがお米のとぎ汁を使ったシャンプーを行ない、火鉢にあてながら時間をかけて乾燥させ、櫛《くし》で梳《す》きとかし、香《こう》をたきしめるなどした。

女性の代名詞ともいえる髪を、恋に揺れる女心にたくして巧みに詠じた作者は、源顕仲《あきなか》の娘。待《たい》賢門院《けんもんいん》璋子に仕えて堀河と呼ばれ、恋の歌を多く残している。

来《こ》ぬ人《ひと》をまつほの浦《うら》の夕なぎに
焼くやもしほの身もこがれつつ

権《ごん》中《ちゅう》納《な》言《ごん》定《てい》家《か》

待っても来てくれない恋人を待つ私は、松帆の浦の夕暮れに焼かれる藻塩のように、毎日身が焦がれる思いをしています。

ロマンチックな恋歌

百人一首の選者である藤原定家《ていか》が、一二一六（健保《けんぽう》四）年に行なわれた『内裏歌合《だいりうたあわせ》（百番歌合）』で詠んだこの歌は、定家らしい幽玄的《ゆうげんてき》な世界が広がる。

『万葉集《まんようしゅう》』に収録される笠朝臣金村《かさのあそみ》の長歌《ちょうか》を本歌取《ほんかど》りした作品で、もとの長歌は男が松《まつ》帆《ほ》の浦《うら》に住む「海女乙女《あまおとめ》」に恋焦がれる内容で、「夕凪《ゆうなぎ》に藻塩《もしお》焼きつつ海少女《あまおとめ》」の語句が登場する。定家は、これを本歌としつつ、少女の立場に立って来ない恋人を待つ切ない女心を情感たっぷりに詠みあげたのである。

藻塩（海藻から採る塩で、海藻に海水をかけて焼いてつくる）は恋に焦《こ》がれる少女の身と心をあらわし、松帆のまつは「待つ」と「松帆」の掛詞《かけことば》、「焼く」と「焦がれ」は藻塩

定家にかかわったおもな女たち

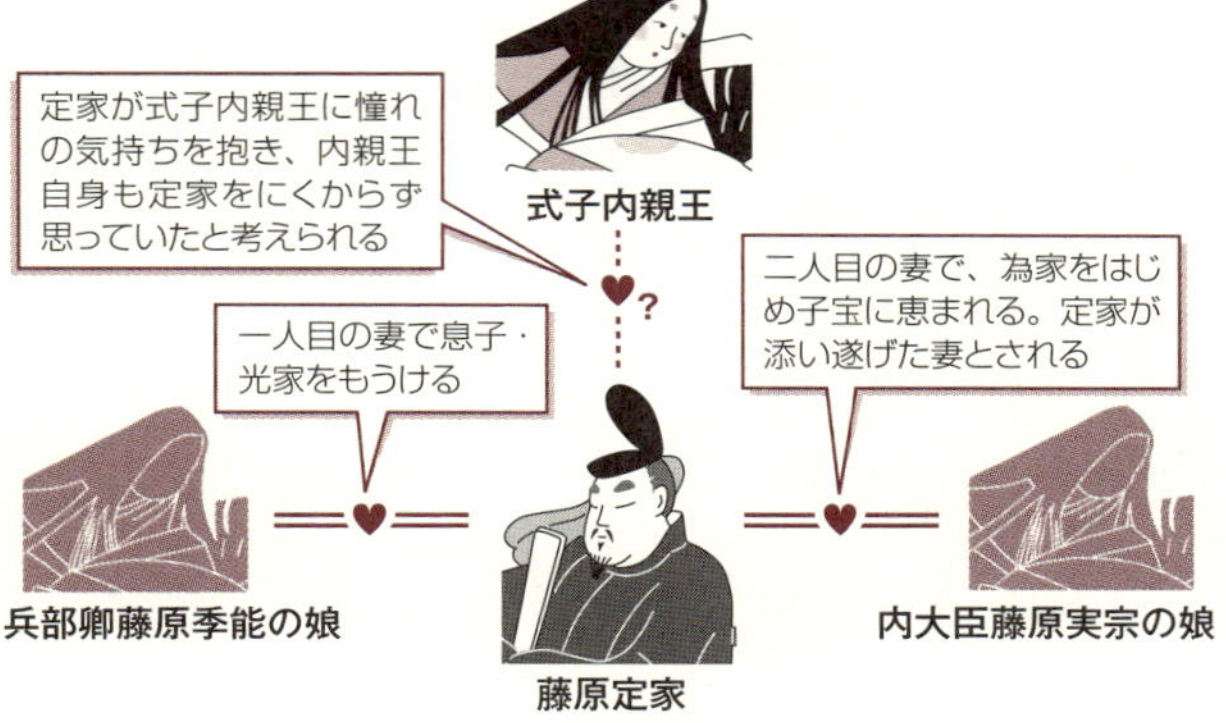
式子内親王
定家が式子内親王に憧れの気持ちを抱き、内親王自身も定家をにくからず思っていたと考えられる
一人目の妻で息子・光家をもうける
二人目の妻で、為家をはじめ子宝に恵まれる。定家が添い遂げた妻とされる
兵部卿藤原季能の娘
藤原定家
内大臣藤原実宗の娘

藤原定家は、その生涯のなかで恋のイメージがあまりないが、若い頃はそれなりの経験をし、二人の妻を得ていたことがわかっている。

の縁語《えんご》となっている。

言葉と言葉が重なり響き合い、浮かび上がるのは煙《けむり》たなびく海辺の夕景と、恋に焦がれる乙女心。おだやかな風景を前に、心はどこまでも乱れていく……。

題詠歌《だいえいか》であることからわかるように、この歌は架空の恋物語とされるが、心象風景は実体験に基づいたものである可能性は十分ある。

中世の家集（個人の歌集）は、歌合や歌会などで詠まれたものが多く、歌人の実人生に基づく心情を吐露《とろ》した歌は少数であるとされる。定家の家集『拾遺愚草《しゅういぐそう》』もその典型であるが、恋歌に関していえば、実際の恋人と詠み交わしたと見られる作品が少なくないからだ。

定家の恋愛といえば、しばしば式子内親王《しょくしないしんのう》との恋愛（六六頁参照）が取りざたされるが、実際のところ、双方ともに恋愛感情を抱いていたかは定かでない。

妻としては二〇代前半に結婚した藤原季能《すえよし》の娘と、三〇代はじめに娶《めと》ったとされる内大臣藤原実宗《さねむね》の娘が知られるが、その二人以外にも恋のやりとりがあった女性は少なからずいただろう。

後鳥羽院と順徳院への想い

もとを正せば恋歌として詠まれた歌だが、「来ぬ人を～」の歌を定家が百人一首に選んだのには、別の思惑《おもわく》があったという説がある。定家のパトロンとして出世の道を切り拓き、重用した後鳥羽院《ごとばいん》と順徳院《じゅんとくいん》への哀惜《あいせき》の思いが込められていると考えられるのだ。

とくに後鳥羽院は定家の歌才を高く評価し、彼の昇殿《しょうでん》を許したほか、歌所の寄人《よりゅうど》にまで抜擢した大恩人である。

だが、歌が詠まれた五年後の一二二一（承久《じょうきゅう》三）年、武士の台頭から復権を求めて乱を起こした二人の院は敗北を喫し、隠岐《おき》と佐渡《さど》に配流《はいる》されてしまう。じつは同年、定家と後鳥羽院は仲たがいをしていた。定家は仲たがいのまま別れてしまったことをしばしば『明月記《めいげつき》』で悔《く》やんでいる。

しかも定家が百人一首に選定した一二三五（嘉禎《かてい》元）年は、両院の都への還御の特赦申請《とくしゃしんせい》が拒否された年でもあった。

この決定は、両院が京都に戻る機会がほぼ失われたことを意味している。

藤原定家　伝藤原信実筆

平安時代末〜鎌倉時代初期にかけて歌道の中心にいた。「美の使途」「美の鬼」などの異名があるほど、美への執念が強かったという。

定家が百人一首の撰集をするにあたってこの歌を選んだとき、歌は本来のものとは微妙にその意味を変化させたのかもしれない。もとは誰にあてたものであれ、「来ぬ人」は後鳥羽院と順徳院、それを待ちわびる「海女乙女」は定家自身となったのではなかろうか。

その場合、恋歌の体裁をとりながら、永遠に会うことのない二人の恩人に呼びかける意味があったのではないかと考えられる。

道鏡と孝謙天皇の熟年の恋

平安時代より少し時代は下るが、宮中での恋愛スキャンダルでもっとも有名なのが、道鏡《どうきょう》と孝謙《こうけん》天皇の逸話だろう。

孝謙天皇は七四九年に即位した女性の天皇である。彼女は即位のときから兄妹のように仲よくしていた藤原仲麻呂《なかまろ》（のちの恵美押勝《えみのおしかつ》）を頼っていた。だが、運命を変える出来事が起きる。

あるとき、孝謙天皇は病気になった。その治癒《ちゆ》のためにあらわれたのが、道鏡という僧侶で、彼の祈祷《きとう》により、天皇の病は癒《い》えた。当時の孝謙天皇は、押勝が野望のために自分に取り入っているとの疑惑を持ち、孤独感を覚えていたようだ。

道鏡が孤独を癒してくれる……そんな思いにとらわれたのか、孝謙天皇は超スピードで道鏡を出世させた。それに慌てたのが押勝で、朝廷の要職を自身の一族で固めたほか、天皇に道鏡とのことを暗に注意した。

孝謙天皇はそれを聞いて激怒し、押勝の仕事をとり上げる一方、道鏡に政務をとらせた。押勝は乱を起こす準備を整えるが、失敗に終る。その後、称徳《しょうとく》天皇として再度即位についた彼女は、次の天皇を道鏡に据えようと画策《かくさく》するも、決め手にかけ、失意のうちに命を落とした。道鏡はのちに謀略の疑いから左遷《させん》され、死去している。

第三章

愛憎うず巻く終わりの恋の歌

難波潟《なにわがた》みじかき蘆《あし》のふしのまも
逢《あ》はでこの世《よ》をすぐしてよとや
伊勢《いせ》

難波潟の入り江に生えている蘆の節と節との間くらいのほんの少しの短い時間さえも逢えないの。そのまま一生を過ごせとおっしゃるのかしら。

身分違いの恋の終わり

王朝時代における恋の歌の共通テーマの一つに「待つ女」がある。儀同三司母《ぎどうさんしのはは》の「忘れじの～」（一〇〇頁）や大弐三位《だいにのさんみ》の「有馬山《ありまやま》～」（一〇四頁）など百人一首収録歌にも多く、この歌もそのうちの一首に数えられる。

「難波潟みじかき蘆《あし》の」は「ふしのまも」の序詞《じょことば》であり、短い時間の比喩《ひゆ》でもある。そして「この世をすぐしてよとや」には、男の心変わりを憂《うれ》い、二度と訪れることがないだろうと予感させる。頼りない自身の存在を嘆いているようだが、その語調は厳しい。

じつはこの歌は、不実《ふじつ》な男から届いた味気ない手紙に対する返歌《へんか》だったといわれている。『伊勢集《いせしゅう》』の詞書《ことばがき》によると、「秋ごろうたての人の物いひけるに」とある。「うたての人」

葦の原

拡大写真を見るとわかるが、実際の葦の節はさほど短くない。だが、それをあえて歌に詠み込むことに伊勢の技術の高さが感じられる。

とは「つれない人」の意味で、藤原仲平《ふじわらのなかひら》をさしているようだ。

仲平は、伊勢が仕えていた宇多《うだ》天皇の中《ちゅう》宮《ぐう》・温子《おんし》の兄。伊勢は地方官吏《かんり》の娘に過ぎず、上流貴族である仲平との恋は、周囲から身分違いと反対された。伊勢は一途であったが、仲平にはそれが重荷だったのだろうか。彼女から遠ざかってしまう。そんな男に対し、「ほんのわずかな時間さえ逢ってくれないなんて」と怒り、嫌味《いやみ》を込めた歌を送ってしまう気持ちもわからないではない。

その後の伊勢は、失意《しつい》のなか、宮中を退出して父の任地に赴《おもむ》いた。しかし温子の勧めもあって再び出仕をはじめたところ、彼女を慰《なぐさ》めようと、多くの貴族たちが言い寄ったという。そのなかには仲平の兄・時平《ときひら》や当代きってのプレイボーイ平貞文《たいらのさだふみ》（通称・平中《へいちゅう》）などがいた。しかし、仲平との恋で傷ついた彼女は容易になびかなかった。

いくら手紙を送っても返事を寄こさない伊勢に業《ごう》を煮《に》やした平中が、「文を見たのなら見たとだけでも返事をください」と送ったところ、伊勢が平中の手紙から「見つ（見た）」という個所だけを切り取って送り返したという逸話《いつわ》も残る。

●時代に愛された女流歌人

そうしたなかで、伊勢の心を射止めた者がいた。それは、なんと宇多《うだ》天皇で、彼女は主人である温子の夫と恋に落ち、皇子までもうけている。さらに天皇が崩御《ほうぎょ》すると、宇多天皇の皇子・敦慶親王《あつよししんのう》に愛され、中務《なかつかさ》を生んだ。

仲平との恋に破れるも、以来、華やかな恋愛遍歴《へんれき》を重ねた伊勢。彼女の魅力の一つが、紀貫之《きのつらゆき》と並び称されるほどの歌の才能にあったことは確かだろう。

伊勢は三十六歌仙《さんじゅうろくかせん》にして、『古今和歌集《こきんわかしゅう》』の選者たちに「歌の聖《ひじり》」と称され、のちの順徳《じゅんとく》天皇の著『八雲御抄《やくものみしょう》』でも歌の聖の一人に挙げられる腕前を持っていた。円熟味のある情緒豊かな歌が、男性たちをおおいにひきつけたのだろう。

伊勢をめぐる男たち

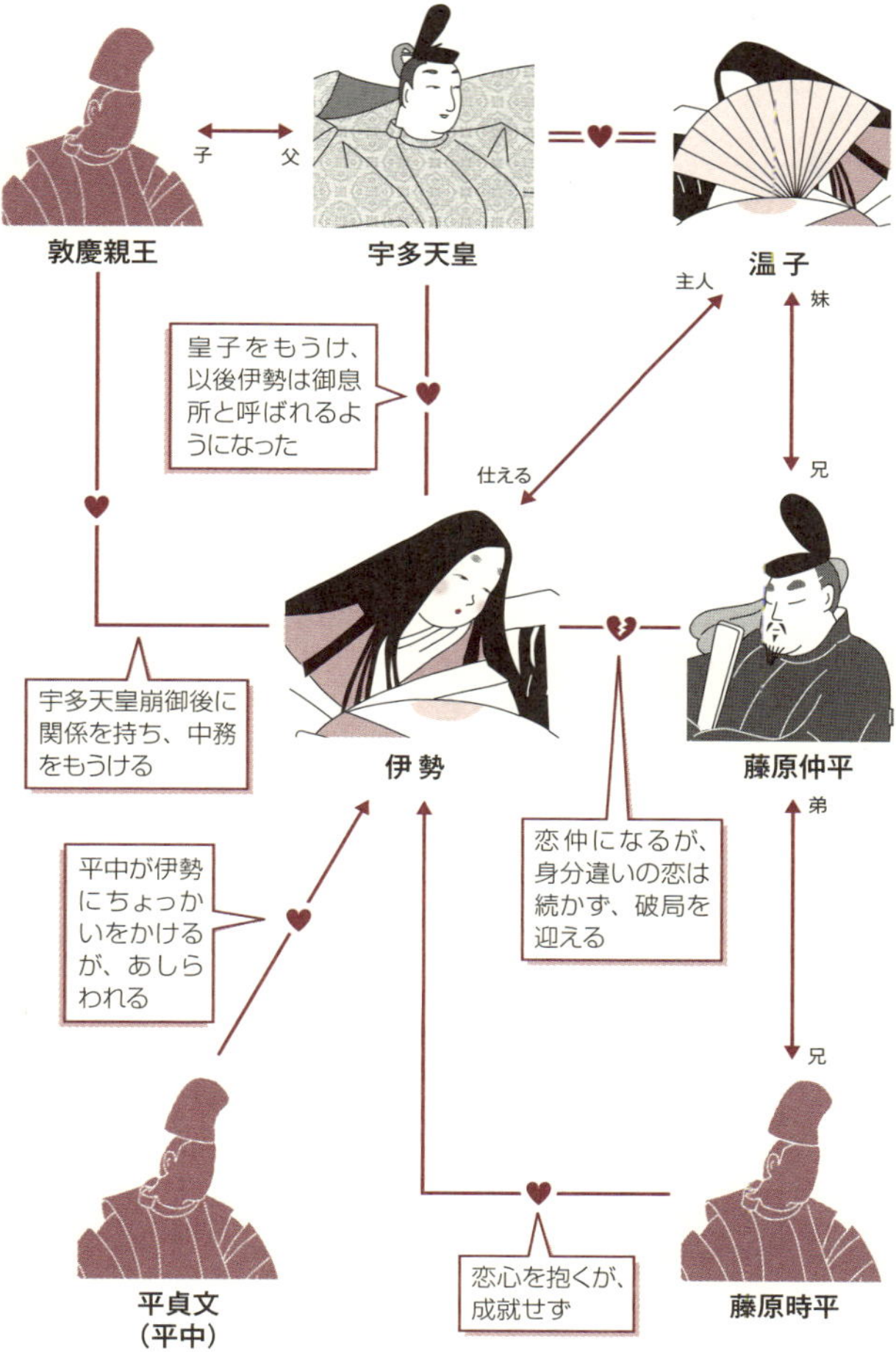

主人である温子の兄と恋に落ち、破れた伊勢は、その後、温子の夫である宇多天皇とその息子・敦慶親王の寵愛を受け、子どもをもうけた。

今来《いまこ》むといひしばかりに長月《ながつき》の
有明《ありあけ》の月《つき》を待《ま》ちいでつるかな

素性法師《そせいほうし》

今すぐに行くよ、とおっしゃるので待っていたのに、
あなたは来ないいまま秋の夜も更け、有明の月が出る朝になってしまったわ。

●王朝時代の艶「有明の月」

この歌も、前項と同じ「待つ女」が主人公となっている。「今来む」は、女性のもとに男性が来ることをあらわし、来ると言ったのに、約束を守らない恋人を恨《うら》めしく思う女性の心情を詠《よ》んだ歌である。ただし作者は男性で僧の素性法師《そせいほうし》である。当時、歌の上手な人が頼まれて詠んだり、ほかの人に成り代わって代理で歌を詠む代詠《だいえい》があったことは前述したが、男女ともに異性の立場に身を置いて詠むことも少なくなかったのである。

素性法師は、僧正遍昭《そうじょうへんじょう》の子で、出家《しゅっけ》した父のもとを訪ねた際に「法師の子は法師なるぞよき」と出家させせられたエピソードを持つ。だがこれは彼にとって不本意《ふほんい》であったのかもしれない。僧でありながら俗世《ぞくせ》を軽妙《けいみょう》洒脱《しゃだつ》に詠みあげた歌を多く残している。

『古今和歌集』の恋歌の分類

分類	収録される歌
恋一	「いまだ逢わざる恋」をテーマにした恋歌群。忍ぶ恋に耐え、恋心をあらわしたいと願う歌が配される
恋二	独り寝のさびしさを詠んだ歌など、逢えない苦しみをテーマにした恋歌群。「不逢恋」の精髄をとらえた歌が配される
恋三	逢瀬の前後の複雑な気持ちをテーマにした恋歌群。はじめて逢う夜を詠んだ歌や後朝の歌、浮名を恐れる歌などが配される
恋四	少しずつ変化を見せる恋模様を詠んだ恋歌群。燃え上がった恋心が徐々にさめていく心理を詠んだ歌などが配される
恋五	恋の終わりをテーマにした恋歌群。来ない男を待ち続ける女の気持ちや、離れていく想い人の気持ちなどを詠んだ歌が配される

古今和歌集では、恋歌が段階にあわせて5つに区分されている。順に恋のはじまりからおわりまで、それぞれの段階にあった歌が収録されている。

この歌は『古今和歌集』の「待つ恋（恋四）」を初出とする。主人公の女性の待ち時間を示すキーワードとなっているのが「月」だ。だが、その時間については二通りの解釈がある。

一つ目は、一晩待ったという説だ。恋人から「行く」との連絡を受けた女性はその訪れを待っていたが、有明《ありあけ》の月（明け方の月）が出た＝暁《あかつき》になったと読み、一晩中待ち続けたと解釈される。

二つ目は、「長月《ながつき》（陰暦《いんれき》の九月）」まで待ち続けたという説である。藤原定家《ふじわらのていか》はこの説をとっており、注釈書『顕注密勘《けんちゅうみっかん》』には「春先から毎晩月を見ながら待っているうちに、長月（秋）になってしまった」と解説している。

いずれにせよ、待つ女のつらさは変わらない。

忘《わす》らるる身《み》をば思《おも》はずちかひてし
人《ひと》の命《いのち》の惜《お》しくもあるかな

右近《うこん》

忘れられるこの身のことはいいのです。ですが、私を愛すると誓ったあなたが、天罰で命を落とすのではないかと心配しています。

複雑な女心の真意とは

恋に落ち、それが実って愛となる。だが、一時の盛り上がりを過ぎるとやがて気持ちが冷め始め、次第に距離が広がっていく……。

こうした場合、離れていく恋人を責めてしまいがちだが、王朝《おうちょう》時代の女性である右近《うこん》は、どうだったか。

題知らずの歌として素直に読めば「身をば思はず（私のことは気にしないで）」と断りの言葉を置きながら、「ちかひてし（愛すると誓ったのに）」と詰め寄りつつ、「命の惜《お》しくもあるかな（あなたの命が心配なのよ）」と情けをかけている。不実な相手に、恨みの気持ちを抱きながらも情《じょう》をかけずにはいられない、複雑な女心を表現していると読める。

右近と関わりの深かった男たち

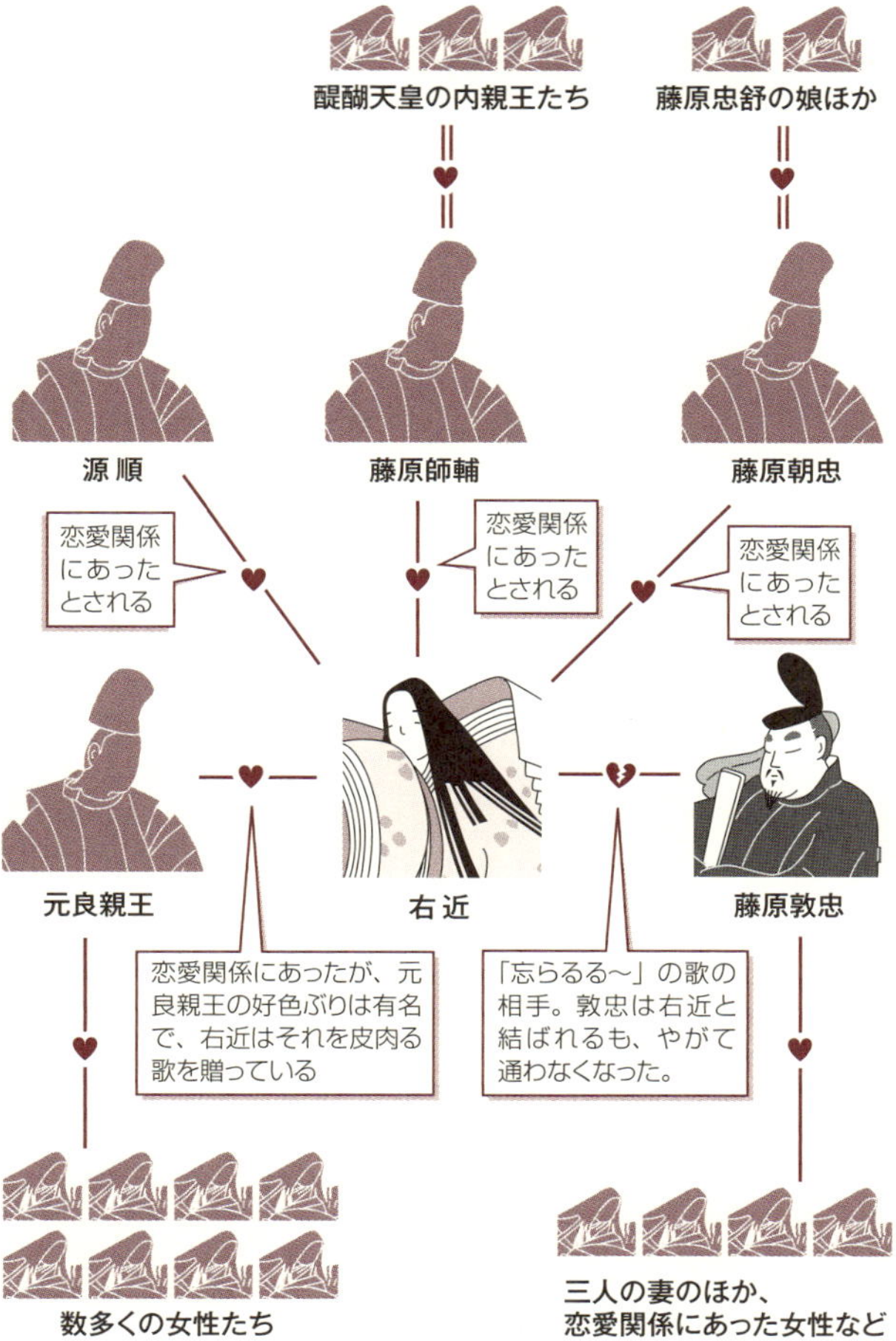

右近もまた恋多き女性だった。藤原敦忠、朝忠をはじめ貴公子たちとのあいだで愛を育んだが、失恋も多かったと伝わる。

だが、当時の宮中のようすを記した『大和物語《やまとものがたり》』によると、そんないじらしい歌ではなかったのかもしれない。

右近は藤原季縄《すえなわ》の娘で、醍醐《だいご》天皇の皇后《こうごう》・穏子《おんし》に仕えた。彼女は、藤原敦忠《あつただ》（九二頁）、元良親王《もとよししんのう》（八二頁）、藤原朝忠《あさただ》（一三八頁）、藤原師輔《もろすけ》ら貴公子《きこうし》と浮き名を流した恋多き女性だったようだ。

「忘らるる〜」は『大和物語』のなかで「男の『忘れじ』と、よろづのことをかけてちかひけれど、忘れにけるのちに、言ひやりける」に続けて詠まれている。この前提をもとに歌を読むと、約束を破った恋人に「天罰《てんばつ》が下るあなたがお気の毒」とばかりに皮肉とあてつけの意味を込めた歌と解することができる。

人々を震え上がらせた天罰

純粋な女心か、皮肉な物言いか、解釈は分かれるが、定家は男の願望もあったのか、ほぼ前者の解釈だったと見られる。

当時は生霊《いきりょう》、死霊《しりょう》などの物《もの》の怪《け》の存在が信じられており、それらが悪さをして病気になると考えられていた。そのため病に伏《ふ》せると、僧に加持祈祷《かじきとう》を頼むなど、神や仏の存在をかなり深刻に現実的にとらえられていたのである。

そうした時代であればこそ、右近の「ちかひてし人の命の」という言葉も恋人の行く末を真剣に案じるものだったのかもしれない。

皮肉なことにその不安は現実になってしまったと見られる。

この歌の送り先は一説には藤原敦忠だったという。敦忠といえば、前述したように眉目《びもく》秀麗《しゅうれい》で歌才もあり、華やかな恋愛遍歴を重ねた人物であるが、三八歳の若さで亡くなっている。

歌の二つの解釈

一　私を忘れたあなたには、**命を落とすという天罰が下るのではないかと気がかり**です

⇓

不実な相手の安否を気遣う
いじらしい恋歌

忘らるる身をば思はず誓ひてし**人の命の惜しくもあるかな**

二　私の身はかまわないけれど、**命を落とすという天罰が下るだろうあなたがお気の毒**です

⇓

不実な男にあてつけた
痛烈な皮肉の歌

この歌からは、愛した男性の身を案ずる優しい女性像、皮肉たっぷりに男性に一言物申す強い女性像の二つの姿が浮かび上がる。

契《ちぎ》りきなかたみに袖《そで》をしぼりつつ
末《すえ》の松《まつ》山《やま》波《なみ》越《こ》さじとは

清原元輔《きよはらのもとすけ》

約束しましたよね。お互いに涙にぬれた袖を何度も絞りながら、末の松山が海の波を越すことがないのと同じように、二人の仲もいつまでも変わらないと。

愛の誓いか裏切りの象徴か

『後拾遺集《ごしゅういしゅう》』によれば、永遠の愛を誓ったのにもかかわらず、心変わりをしてしまった女性に対しつくった歌で、振られた男性に頼まれて代わりに詠んだものである。

できることなら、よりを戻したいという必死な思いがこもったこの歌は、『古今和歌集』の「君《きみ》をおきてあだし心《こころ》をわが持《も》たば　末《すえ》の松山波《まつやまなみ》もこえなむ（あなた以外の人に心ひかれるなど、末の松山を波が越えるほどありえないことです）」をもとにしている。

末の松山とは東北地方の歌枕《うたまくら》で、宮城県多賀城《たがじょう》市八幡《やわた》に史跡が残り、末松山宝国寺《まっしょうざんほうこくじ》の裏には、今も松の木が植えられている。同地では松林を海岸から見て「本《もと》の松山」、「中《なか》の松山」、「末の松山」と呼んでいた。「末の松山」は海岸から一番奥の松林で、波が越え

「末の松山」に込められた意味の変化

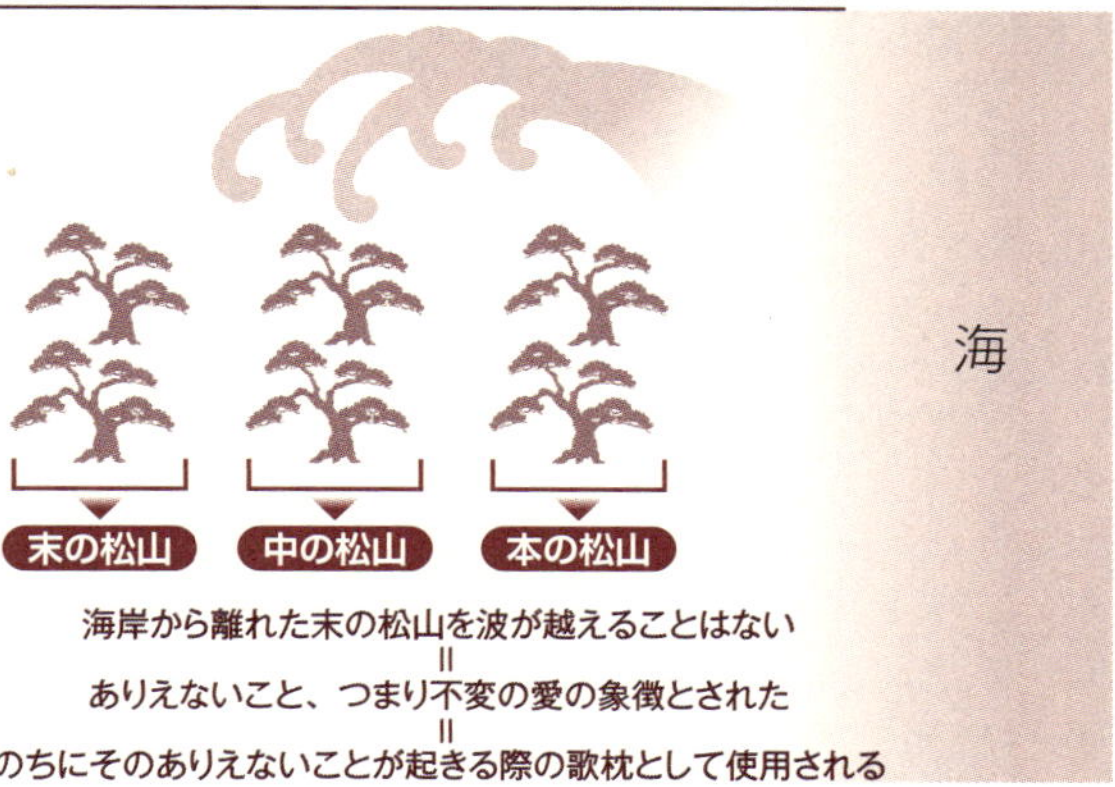
海
末の松山
中の松山
本の松山
海岸から離れた末の松山を波が越えることはない
＝
ありえないこと、つまり不変の愛の象徴とされた
＝
のちにそのありえないことが起きる際の歌枕として使用される

松山は松林のこと。当時、歌の舞台である多賀城市周辺には松林が多く、海岸側から順に「本の松山」「中の松山」「末の松山」と呼ばれたという。

ることはない、つまりありえないことのたとえとして使われた。それがやがて変わらぬ愛の誓いをあらわす言葉になったのである。

　しかし、恋に裏切りはつきものであり、誓った約束がかたければかたいほど破られたときの落胆《らくたん》はいっそう大きい。「契りきな〜」の作者である清原元輔《きよはらのもとすけ》は、「君をおきて〜」の愛の誓いを逆手《さかて》にとり、心変わりなどないと約束したのにと、相手に訴えかけたのである。

　この歌以降、「末の松山」は、愛の誓いをあらわす言葉から、裏切りによる悲恋というイメージが定着。謡曲《ようきょく》の『班女《はんじょ》』（末の松山立つ浪《なみ》の〜）、お伽草子《とぎぞうし》の『音《おと》なし草子《ぞうし》』（形見に袖をしぼりつつ末の松山〜）、近世の浄瑠璃《じょうるり》などいたるところに用いられるようになった。

逢《あ》ふことの絶《た》えてしなくはなかなかに
人《ひと》をも身《み》をも恨《うら》みざらまし
中《ちゅう》納《な》言《ごん》朝《あさ》忠《ただ》

もしあの人と会って契りを結ぶことがなかったら、かえってあの人を恨んだり、自分の身の切なさを恨んだりはしなかっただろうに。

恋がうまくいかなかった理由

歌は九六〇（天徳《てんとく》四）年三月の「内裏歌合《だいりうたあわせ》」にて詠まれた歌だ。そしてこの歌には、二つの解釈があると考えられている。「いまだ逢わざる恋（一度も逢ったことがない恋）」と「逢って逢わざる恋（一度は逢ったものの、事情があって逢えなくなった恋）」で、藤原定家は後者としていたようだ。

想《おも》い人《びと》と一緒に過ごす幸せを知ってしまえば、別れは何倍もつらく感じるもの。いっそ逢わなければよかったという気持ちになるのは、誰もが同じだろう。逢ったばかりに燃え上がる恋情を、逆説的な表現を用いて歌い上げている。

作者の藤原朝忠《あさただ》は三条右大臣《さんじょううだいじん》藤原定方《さだかた》の息子で、順調に出世を重ね、従三位中納言《じゅさんみちゅうなごん》に

朝忠の周辺で見られた男女の関係

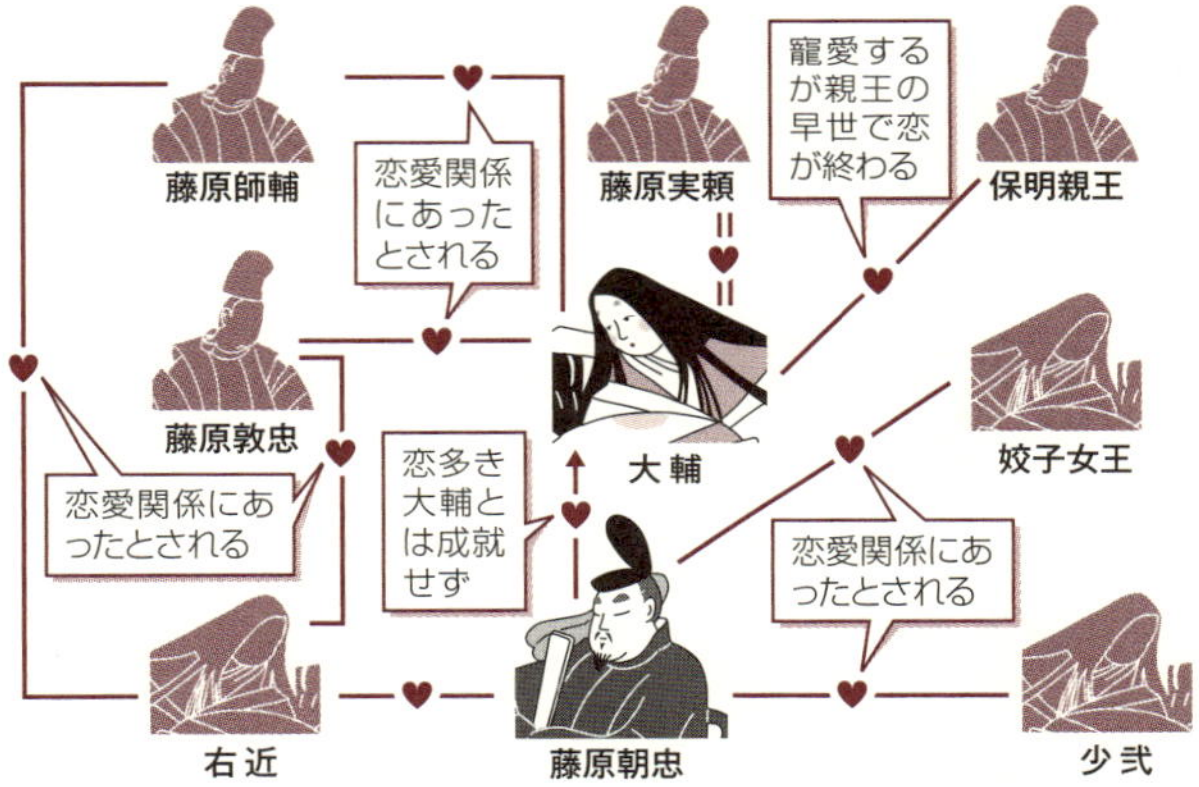

地位も名誉もあった朝忠は、その生涯のうちに少なからぬ数の恋物語を演じた。しかし、肥満のためか、うまくいかないことが多かったという。

まで昇進する一方で、笙《しょう》（雅楽《ががく》の管楽器）の名手にして、歌才にも恵まれた風流な貴公子だった。そのため右近（一三二頁）や本院侍《ほんいんじ》従《じゅう》、大輔《たいふ》などさまざまな女性たちと交際したが、恋の行方は芳《かんば》しくなかったようだ。実際に朝忠作の恋歌の大半は、叶《かな》わぬ恋に思い悩むさまを詠んだものである。

地位も名誉、才能もあった貴公子が、なぜ恋に悩んでいたのか。その理由は、朝忠がかなりの肥満体だったからかもしれない。

当時は貴族といえど一日二食が普通で、その内容も質素だった。しかし朝忠は大食漢で、太る一方。歌の贈答で燃え上がった恋も、逢瀬が叶った途端に女性側に引かれて終わるパターンもあったのだろう。

あはれとも言《い》ふべき人《ひと》は思《おも》ほえで
身《み》のいたづらになりぬべきかな

謙徳公《けんとくこう》

私のことを憐れんでくれそうな人は誰も思い浮かばず、
私はあなたに恋焦がれたまま、むなしく死んでしまいそうだよ。

下級役人に身をやつして詠んだ歌

『拾遺集《しゅういしゅう》』の詞書《ことばがき》によると、「ものいひ侍りける女の、後につれなくはべりて、さらに逢はず侍りければ」、つまり女性に振られた際に詠んだ歌である。「思ほえで（誰も思い浮かばない）」と自分がいかに孤独であるかを伝え、「あはれ」「いたづら」と畳みかけて弱さをアピールし、相手の気をひこうとするとは、現代人から見ればなんとも女々しい。

だが、作者である謙徳公《けんとくこう》は、意外にも右大臣藤原師輔《もろすけ》の子にして、自らも摂政・太政大臣にまで出世した藤原伊尹《これただ》だ。摂関家の嫡流《ちゃくりゅう》で容姿は端麗《たんれい》、和歌にも優れた風流人《ふうりゅうじん》で、性格は豪快そのもの。天に二物も三物も与えられ、多くの女性と浮き名を流していた。

そんな人物がこれほど女々しい歌を詠んだのには、理由がある。「あはれとも〜」は自

伊尹が関係したと伝わる女たち

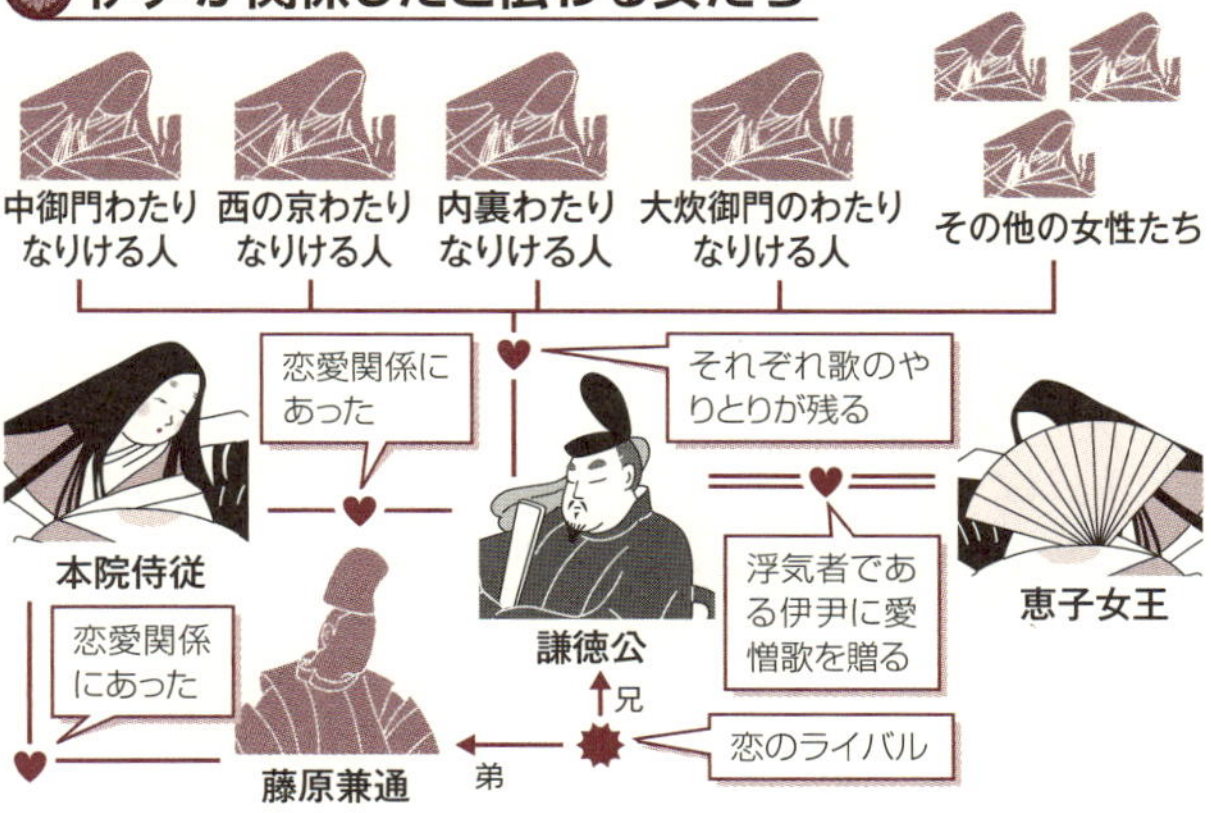

この時代、天皇につぐ実力者であった伊尹が弱気な歌を詠んだのは、それによって女性の同情を買おうとする恋のテクニックだったという見方がある。

身の家集『一条摂政御集《いちじょうせっしょうぎょしゅう》』の冒頭に掲載されているのだが、この家集は、自らをしがない下級役人「豊蔭《とよかげ》」なる架空の人物にやつして、色好みを詠んだ虚構の物なのだ。女に捨てられた男を演じて詠んだ歌なのである。ただし、家集に登場する「大炊御門《おおいのみかど》のわたりなりける人」「西の京わたりなりける女」などの女性たちは実在の女性であり、歌の贈答は実体験をもとにしたものと見られる。

女性関係は派手で、正妻・恵子《けいし》との愛憎劇が増補版に収録されているほか、弟・兼通《かねみち》の恋人である本院侍従《ほんいんじじゅう》に色目《いろめ》をかけて三角関係になったこともあった（『本院侍従集』）。

ただし、この歌は恋歌ではなく、人生の孤独感をはかなんだ歌ととらえることもできる。

八重《やえ》むぐら茂《しげ》れる宿《やど》の寂《さび》しきに
人《ひと》こそ見《み》えね秋《あき》は来《き》にけり

恵慶法師《えぎょうほうし》

荒れ果てむぐらの茂ったこのさびしい家を訪れる者など誰一人としていないが、それでも秋は来るのだな。

豪華な邸宅が荒れた宿に

『拾遺和歌集《しゅういわかしゅう》』の詞書によれば、「荒れたる宿に秋来る《きたる》」という題に従って詠まれた歌である。荒れたる宿とは、歌が詠まれる一〇〇年も前に建てられた左大臣 源 融《みなもとのとおる》（三二頁）の邸宅・河原院《かわらのいん》をさす。河原院には、当時日本で一番美しいといわれた景勝地・松島《まつしま》湾の塩竈《しおがま》を模した庭がしつらえられ、世間でもその贅沢《ぜいたく》や優雅さが評判だった。

しかし、融の死後に持ち主となった宇多《うだ》天皇が崩御《ほうぎょ》すると、屋敷は次第に荒れていき、一世紀もたつこの頃には見る影もなくなっていたのである。完成当時、豪華絢爛《ごうかけんらん》で知られた屋敷だからこそ、落差が際立《きわだ》ち、いっそうさびしさを覚える。

この時代、融の曾孫《ひまご》にあたる安法《あんぼう》法師が住まいにしていたようで、栄枯盛衰《えいこせいすい》の歴史とわ

『花洛往古図』(部分)

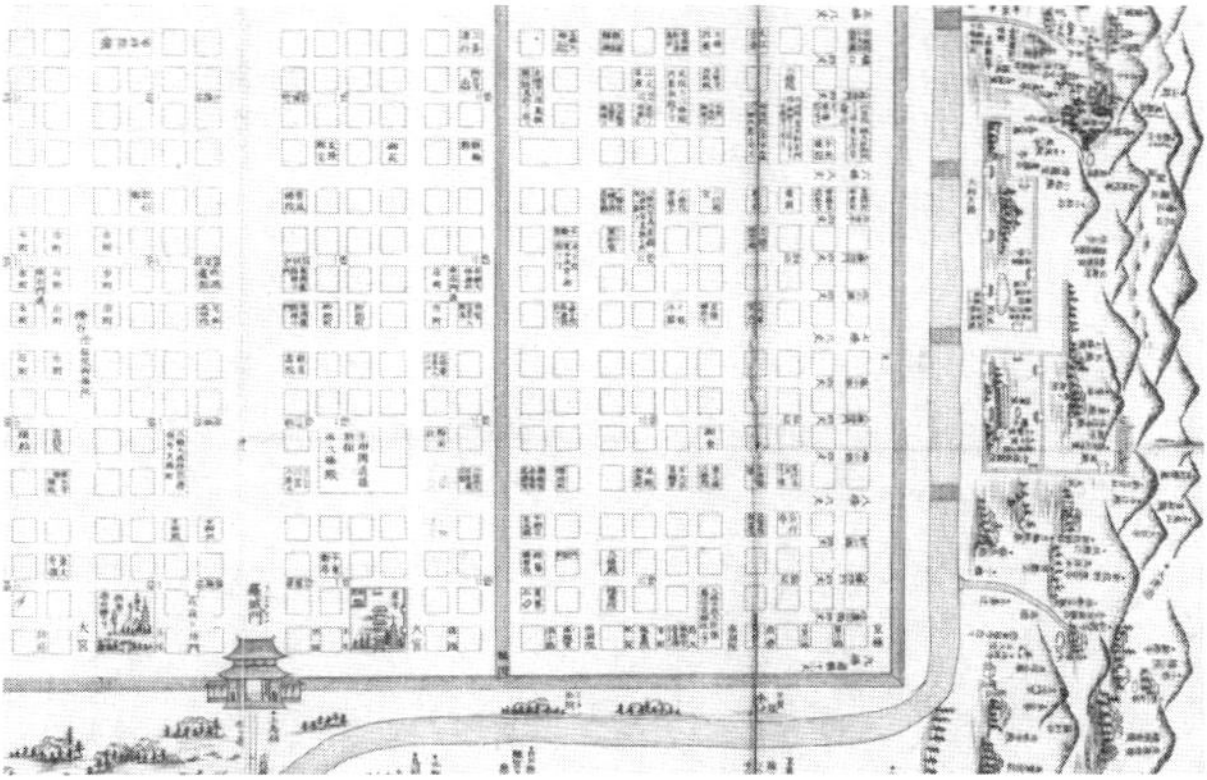

この地図は平安時代の京都を描いたものである。六条八丈のあたりに、「河原院」があったと考えられている（国立国会図書館蔵）。

びしさを風情《ふぜい》と感じた歌人が邸宅に集まり、荒廃した屋敷と不遇な身の上を重ねて歌を詠みあったという。「八重《やえ》むぐら〜」も、そうしてできた歌だといわれている。

作者の恵慶《えぎょう》法師の素性は明らかでないが、播磨《はりま》の国分寺《こくぶんじ》の僧だったという。当時、歌人として知られた恵慶は安法法師と友人で、しばしば屋敷に出入りしていたようだ。

「むぐらの宿」に住まう姫君

「八重むぐら〜」は、誰一人訪れてこない邸宅に忍び寄る季節の哀感が溶け合い、かつて栄えた邸宅のわびしさをしみじみと感じさせる「秋」の歌である。しかし、百人一首の配列に注目すると、この歌の前後は恋歌が続いており、あいだにポツンと「秋」が混ざるいびつな並びになっている。また、「八重むぐら」というキーワードに着目すると、本来は恋の歌として成立した可能性がある。

じつは「八重むぐら茂れる宿」は恋歌の常套句《じょうとうく》とされる。日本の古典では、むぐら（雑草）が生い茂る荒れ果てた家に住むのは没落したお姫様というのがお決まりで、そこに貴公子がやって来て恋物語に発展するパターンが多い。

たとえば南北朝《なんぼくちょう》時代の物語『やへむぐら』は、むぐらの宿に住む美しい姫君と中納言が出逢う悲恋の物語である。また、『源氏物語』の「帚木巻《ははきぎのまき》」には「さびしく荒れ果てた葎《むぐら》の家に、美しい人が住んでいることが意外で珍しい」とあり、「横笛巻《よこぶえ》」には「露《つゆ》しげきむぐらのやどに古《いにし》への秋に変はらぬ虫の声かな」という歌もある。

不遇な境遇に置かれたけなげな姫君と貴公子の恋が風流と見なされたのか、「むぐらの宿」は王朝時代の恋物語の舞台装置の一つとしておおいに用いられた。

そうした背景を考えると、「八重むぐら〜」の歌も恋歌と見ることができる。むぐらの宿に住む女性は、通ってこなくなった男をただ待ち続ける。その小さな家に忍び寄る秋の気配が物悲しさを引き立てる。この感傷的な情景は、女性の心のなかに吹き抜ける恋の不安と切なさそのものなのかもしれない。

恋の歌にはさまれた秋の歌

番号	歌	作者
37	白露に風の吹きしく秋の野は～	文屋康秀
38	忘らるる身をば思はず誓ひてし～	右近
39	朝茅生のをののしの原忍ぶれど～	参議等
40	忍ぶれど色に出でにけりわが恋は～	平兼盛
41	恋すてふ我が名はまだき立ちにけり～	壬生忠見
42	契りきなかたみに袖をしぼりつつ～	清原元輔
43	逢ひ見ての後の心にくらぶれば～	権中納言敦忠
44	逢ふことの絶えてしなくはなかなかに～	中納言朝忠
45	あはれとも言ふべき人は思ほえで～	謙徳公
46	由良の門を渡る舟人かぢを絶え～	曽禰好忠
47	八重むぐら茂れる宿の寂しきに～	恵慶法師
48	風をいたみ岩うつ波のおのれのみ～	源重之
49	みかきもりゑじのたく火の夜は燃え～	大中臣能宣朝臣
50	君がため惜しからざりしいのちさへ～	藤原義孝
51	かくとだにえやはいぶきのさしも草～	藤原実方朝臣
52	明けぬれば暮るるものとは知りながら～	藤原道信朝臣
53	なげきつつ独りぬる夜の明くるまは～	右大将道綱母
54	忘れじの行く末まではかたければ～	儀同三司母
55	滝の音は絶えて久しくなりぬれど～	大納言公任

秋の歌、　恋の歌、　雑の歌（四季や恋意外の歌）

「八重むぐら～」は「秋」に分類される歌だが、その前後に「恋」歌が集中しているほか、「むぐら」というセンテンスから「恋」歌と解釈することもできる。

こらむ

むぐらの宿の姫と貴公子の悲恋物語

むぐらの宿に住まう姫君と貴公子が出会う物語は、古来、数多い。『やへむぐら』はそのうち南北朝時代に書かれた悲恋物語である。

あるとき、中納言が紅葉狩《もみじが》りに出かけた。その帰路、四条の荒れ果てた家（むぐらの宿）から琴の音が聞こえてくる。そこに住んでいたのは美しい姫君で、二人は契《ちぎ》る。だが、姫君は人に騙《だま》されて連れ出され、筑紫に向かう旅中に死去。中納言は悲しみにくれるという物語である。

なげきつつ独《ひとり》ぬる夜《よ》の明《あ》くるまは
いかに久《ひさ》しきものとかはしる
右大将道綱母《うたいしょうみちつなのはは》

あなたが来ないのを嘆きながら独り寝する夜が明けるまでの時間が
どんなに長く感じられるか、あなたにはわからないでしょうね。

浮気夫が許せず締め出した妻

右大将道綱母《うたいしょうみちつなのはは》は、本朝《ほんちょう》三美人の一人に数えられる美貌の人で、『大鏡《おおかがみ》』に「きはめたる和歌の上手」と称賛された歌人でもあった。のちに摂政関白となる藤原兼家《かねいえ》（藤原道長《みちなが》らの父）と結婚し、翌年に道綱をもうけるも、その頃から兼家の足は遠のいていた。

道綱母が詠んだ「なげきつつ〜」は、典型的な「待つ女」の悲哀《ひあい》と嘆《なげ》きの歌だが、詞書によると、この歌を詠んだ前夜、兼家は彼女のもとを訪れていたようだ。それなのに、なぜ「独《ひとり》ぬる」夜を明かしたのか。それもまた、女心だ。久しぶりの夫の訪問は嬉しかったが、憎さもある。当時、兼家には道綱母のほかに正妻があり、そのほかに恋人もいた。

一夫多妻が普通の時代、それは理解できたが、道綱母がもっとも許せなかったのが、自

平安王朝を彩った女流作家の作品

作品	著者	内容
『蜻蛉日記』	藤原道綱母	藤原家の繁栄を築いた藤原兼家の妻である作者が、浮気者の夫の愛情を独占できず、募る恨みやつらみを書き連ねた日記。
『枕草子』	清少納言	一条天皇の中宮・定子に仕えた清少納言が、自分自身が王宮で見聞きしたこと、感じたことなどを書き綴った随筆。日本最古のエッセイといわれる。
『紫式部日記』	紫式部	『源氏物語』の著者紫式部が綴った日記。一条天皇の中宮・彰子の出産などが記された日記的部分のほか、同時代の作家の批評などが記される。
『更級日記』	菅原孝標女	京都と東国で暮らした40年間の人生を綴った回想録。『源氏物語』について言及するもっとも古い文献として貴重とされている。
『和泉式部日記』	和泉式部	作者が、敦道親王との恋の始終を綴った日記。恋のはじまりから敦道親王の邸に招かれ、北の方が邸を出るまでが綴られる。

平安時代、女房として宮仕えを行なった女性たちが女流作家としての才能を開花させた。日本古典文学における大きな転換期といえる。

分よりも身分の低い「町の小路《こうじ》の女」のもとに夫が足しげく通っていたことだ。結局、彼女は夫を追い返し、締め出された兼家はというと、それをよいことに町の小路の女のもとに向かったのである。道綱母が兼家の無情なふるまいに怒りを覚えたのは当然だろう。

翌朝、彼女はしおれた菊の花を添えてこの歌を贈った。色の変わった枯れた菊に「離《か》れ」をかけ、夫の心変わりをなじったのである。歌を受け取った兼家は、その後あわてて「あなたの嘆きはもっともだ」という言い訳と返歌を贈っている。

じつは夜更けにやって来た恋人を締め出す場面は当時、意外と多かった。来訪を喜びつつも、本当に愛があるのか確かめたい、嫉妬《しっと》にかられて素直になれないなど、女性は意地を張ってしまうのだ。また、「待つ女」にとっては、相手の訪問を拒否することが唯一の対抗手段でもあり、不安を払拭《ふっしょく》する誠実さを見せてほしいという切なる願いも込められていた。

●結婚生活の哀歓を綴った『蜻蛉日記』

女性たちの多くは恋の苦しみをただ嘆くだけだったが、道綱母はそれだけで終わらなかった。夫兼家との哀歓《あいかん》に満ちた二一年間にわたる結婚生活を赤裸々《せきらら》に語った自伝風の日記『蜻蛉《かげろう》日記』を綴《つづ》ったのである。

世の人々がうらやむような御曹司《おんぞうし》と結婚した道綱母。しかし待ち受けていたのは、自尊心の強い彼女を満足させられるような結婚生活ではなく、夫の裏切りに一喜一憂《いっきいちゆう》しながらの苦悶の日々だった。そこから垣間見《かいまみ》えるのは、当時の女性たちの率直な思いである。夫は多くの通い妻を持ち、恋人を持ち、さらにはそば近くに仕え身の回りの世話をする召人を妾として抱えていた。それが慣習とはいえ、妻たちがそれを何のこだわりもなく受け入れていたわけではないことは、悲哀に満ちた歌の数々からもよくわかる。『蜻蛉日記』は、貴族の生活に見られる不合理や欺瞞《ぎまん》への反発ととらえることができるかもしれない。

兼家をめぐる女たち

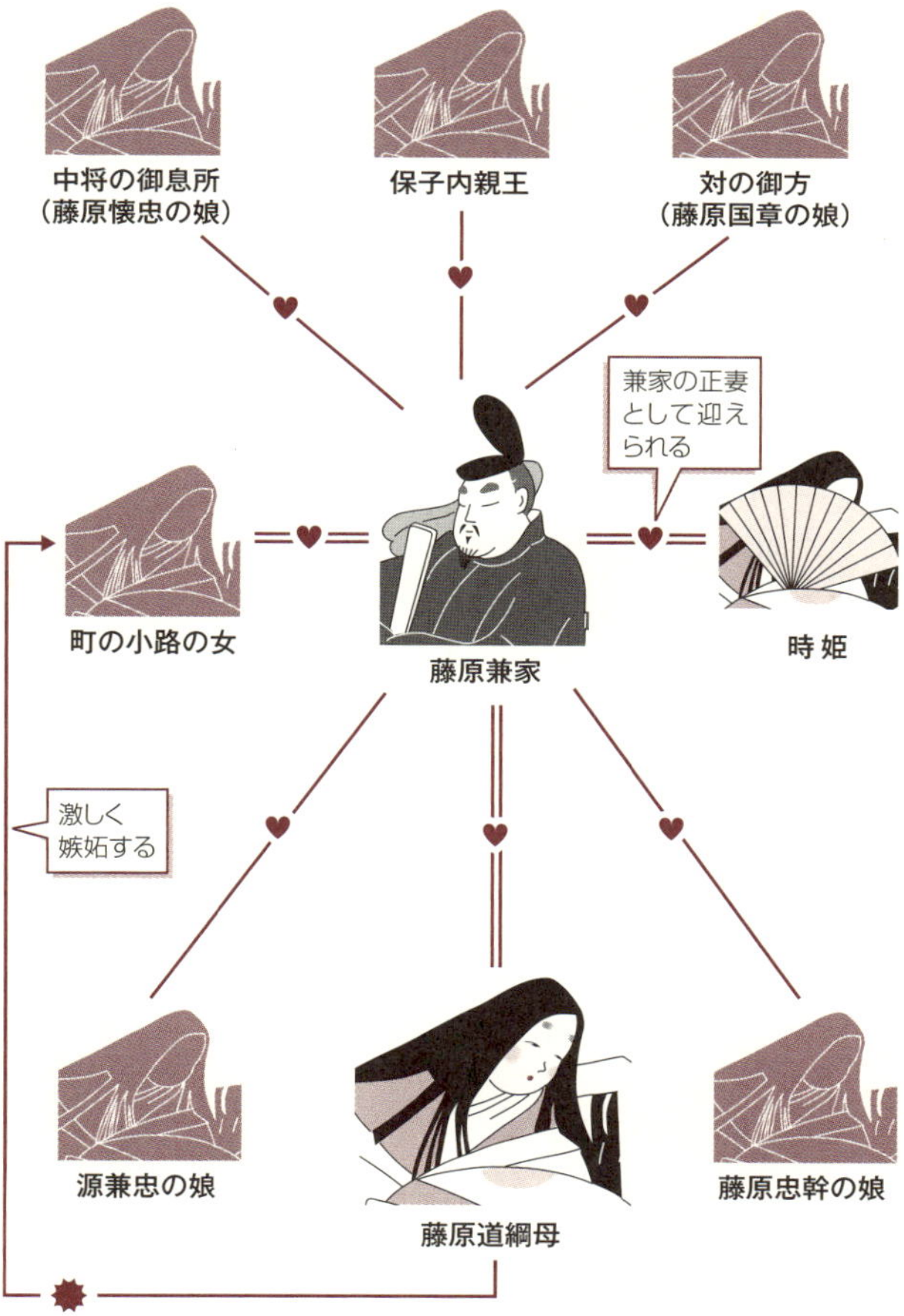

藤原兼家は、関白という地位もあり、多くの女性と浮名を流した。本朝三美人と謳われた道綱母であっても、兼家にとっては数ある女性のうちの一人という認識に過ぎなかった。

あらざらむこの世《よ》のほかの思《おも》ひ出《いで》に
いまひとたびの逢《あ》ふこともがな
和泉式部《いずみしきぶ》

私はもう長くなさそうです。せめてあの世に行ってからの思い出になるように、もう一度だけあなたにお会いし、愛し合いたいのです。

恋に奔放に生きた魔性の女

恋に苦しむあまり死んでしまいたいと嘆く歌は少なくないが、詞書に「心地例ならず侍りけるころ」とあるように、作者が重い病にかかり、死期が迫っていることを感じて詠んだ歌である。「あらざらむ」は「自分は生きていないだろう」という意味で、「この世のほか」は「死後の世界」のこと。生命のともしびが消えようとするなかで、逢いたい、愛し合いたいとは、なんと色っぽく官能的《かんのうてき》であることか。

死の淵に立ってなお、ひたむきに愛を求めるこの歌は、和泉式部《いずみしきぶ》の人生そのものを象徴しているといえるだろう。彼女は百人一首の歌人のなかでも、とくに恋多き魔性《ましょう》の女として知られるからである。

全国に広がる和泉式部の生誕地および没地

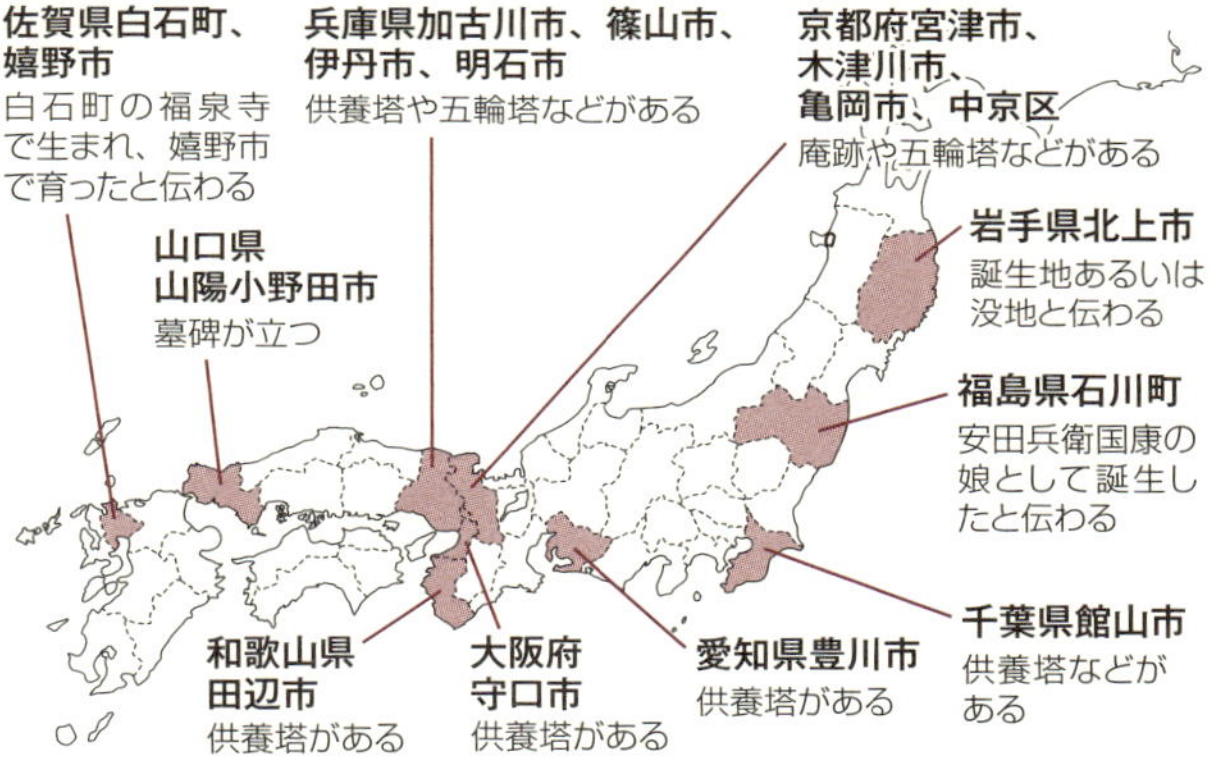

後世の人々は、和泉式部の美貌と歌の才能を、小野小町と重ね合わせたのだろう。そのため、小町同様全国各地に伝説を残している。

和泉式部は和泉守《いずみのかみ》橘《たちばな》　道貞《みちさだ》と結婚し、夫がある身ながら冷泉院《れいぜいいん》の皇子・為尊《ためたか》親王と恋に落ちた。その後、夫とは離婚し、父親から縁を切られるが、親王は若くして死んでしまう。嘆き悲しむ彼女を慰めたのが、為尊親王の弟・敦道《あつみち》親王だった。

敦道親王から労《いたわ》る便りを受けた彼女の返事は、「お兄様にそっくりの声かどうか、聞かせてほしい」というもの。誘うようなその返しを見れば、和泉式部がいかに情熱的であったかが想像できる。やがて二人のあいだは恋愛関係に発展し、彼女は敦道親王の邸に迎えられた。正妻を持つ親王が、身分の低い女を屋敷に招くなど、当時としては異例の事態である。プライドを傷つけられた正妻が親王の家を辞すなど、スキャンダルとなった。しかし、その敦道親王もまもなく病没し、この恋も四年で終わりを迎えている。その後、和泉式部は藤原道長の娘・中宮彰子《ちゅうぐうしょうし》に仕え、そこで知り合った藤原保昌《やすまさ》と結婚するが、晩年は夫とも別れて孤独だったようだ。奔放な恋愛遍歴と晩年の不幸という共通点からか、小野小町《おののこまち》同様、全国に伝説を残している。

独自のひらめきをもつ天性の歌人

魔性の女として世間から非難を浴びた和泉式部だったが、歌人としては非凡な才能を発揮した。この歌の「あらざらむこの世のほかの」という表現は、従来用例のない独自の表現で、のちに西行《さいぎょう》や定家《ていか》に本歌取り《ほんかど》されるなど、その才能は高く評価されている。

彼女の才能を認めた人のなかに、紫式部《むらさきしきぶ》もいる。「けしからぬかたこそあれ」と和泉式部の私生活の乱れを批判しつつも、文学的才能については「走り書きのような文章にもきらりと光る気の利《き》いた表現がある」と認めている。また、歌についても「正統派ではないが、人の心をうつ独自のひらめきを詠む即興的《そっきょうてき》な天性の歌人である」と称賛している。

恋に生涯をささげ、華麗で情熱的な歌を多く残した和泉式部。その最期に愛した人物とは、いったい誰だったのだろうか。

和泉式部の周辺の男たち

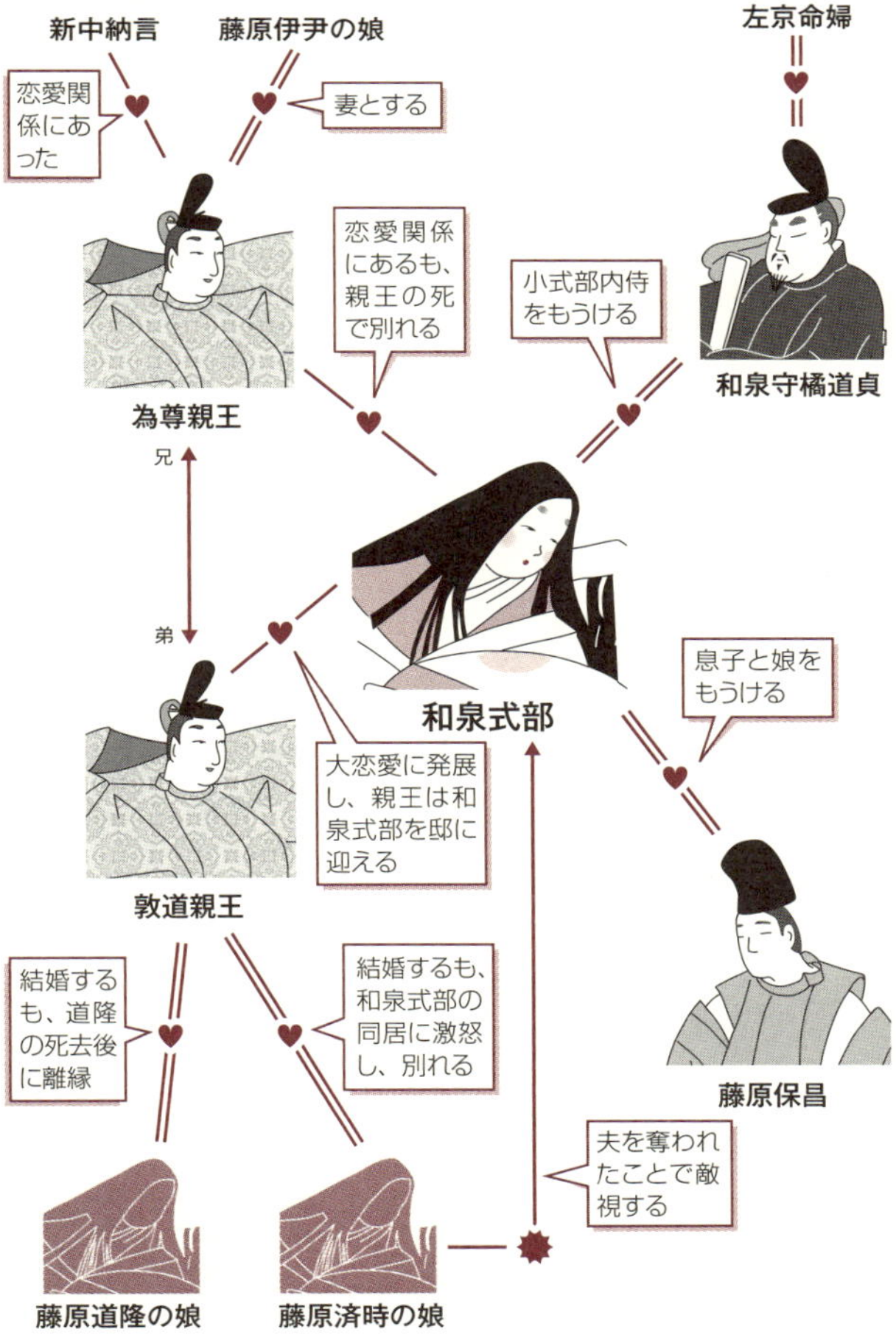
新中納言
藤原伊尹の娘
恋愛関係にあった
妻とする
左京命婦
為尊親王
恋愛関係にあるも、親王の死で別れる
小式部内侍をもうける
和泉守橘道貞
兄
弟
和泉式部
息子と娘をもうける
敦道親王
大恋愛に発展し、親王は和泉式部を邸に迎える
藤原保昌
結婚するも、道隆の死去後に離縁
結婚するも、和泉式部の同居に激怒し、別れる
夫を奪われたことで敵視する
藤原道隆の娘
藤原済時の娘

平安時代でもっとも「恋に生きた女性」と伝わる和泉式部は、二人の親王に限らず、さまざまな男性からアプローチを受け続けたと伝わる。

恨《うら》みわびほさぬ袖《そで》だにあるものを
恋《こい》に朽《く》ちなむ名《な》こそ惜《お》しけれ
相模《さがみ》

つれないあの人を恨んで嘆き、涙で乾く暇もない袖が朽ちることさえ悔しいのに、
恋の噂のために私の評判までも落ちるのは本当に悔しいことよ。

恋の痛みを振り返る

一〇五一（永承《えいしょう》六）年の「内裏根合《だいりねあわせ》」で詠まれたこの歌は、「恋」の題で源経俊《つねとし》と歌の優劣を争った際に詠まれたもので、見事相模《さがみ》は勝ちをおさめている。

根合とは、二手に分かれて優劣を競う物合わせの一つで、貝や絵巻などさまざまなものを持ち寄って珍しさや美しさを競った。このときは、五月五日の端午《たんご》の節句《せっく》に持ち寄った菖蒲《しょうぶ》の根の長さを競い、それに添えた和歌の優劣を争ったとされる。

歌の主人公である女性は、相手を恨《うら》む気力さえ失い、泣き疲れている。ハンカチ代わりの袖《そで》が涙で朽ちるのさえ惜しいのに、毎日泣いていると噂が立てられてしまっては、なお惜しい……そんな女のやるせなさが伝わってくる。

この歌を詠んだときの相模は、すでに五〇代半ばだった。四〇を過ぎれば長寿を祝うこの時代、老女といってもよく、実際の恋ではなく、競技のためにつくった歌だっただろう。だが、そのなまめかしい歌は、どこか過去の甘くて苦い恋の思い出を想起させる。

源頼光《よりみつ》の義理の娘といわれる相模が大恋愛の末に結ばれた最初の結婚相手は、学者の家に育った大江公資《おおえのきんより》だった。二人の熱愛ぶりは周囲に知られるほどで、公資が大外記《だいげき》という位を望んだ際には「妻を熱愛して歌ばかり考えているから、仕事がおろそかになる」との横やりが入り、実現しなかった。

それもあってか、仲のよかった夫婦間に波風が立ちはじめる。そして彼女は昔の恋人だった藤原定頼《さだより》と関係し、実資は相模のもとから去った。だが、定頼やほかの男性との恋も長くは続かず、再び宮仕えした相模は、そこで歌人としての名声を得たのである。

人生を振り返って歌を詠んだとき、怨情《えんじょう》に身をくねらせるような肉感的な調べとともに、恋の痛みがよみがえったのかもしれない。しかしそんな苦い恋の思い出もやがては愛《いと》おしく感じるもの。相模は晩年「あの人をどうして恨もうか。自分でも自分が愛しいと思っているのに」と達観《たっかん》した歌を詠んでいる。

音《おと》に聞《き》く高師《たかし》の浜《はま》のあだ波《なみ》は かけじや袖《そで》のぬれもこそすれ

祐子内親王家紀伊《ゆうしないしんのうけのきい》

噂で聞いた高師の浜に打ち寄せる波はかけません。袖が濡れますから。波のように浮気なあなたも心にかけません。悲しみの涙で袖を濡らすのは困りますから。

若い男を翻弄する熟練の技

藤原俊忠《としただ》から「人知れぬ思ひありその浦風に浪のよるこそいはまほしけれ」と甘い誘いを受けた紀伊《きい》が、高師の浜（大阪府堺市）の情景を浮かべながら、仇波《あだなみ》のように薄情な浮気心にかかわるのはごめんこうむりますときっぱり拒絶した歌である。

といってもこの歌の贈答は実際の恋愛ではなく、一一〇二（康和《こうわ》四）年五月に行なわれた「堀河院艶書合《ほりかわいんけそうぶみあわせ》」で詠まれたものだ。艶書合とは、男性が女性に対して求愛の歌を詠み、それに対して女性が返事をするというラブレター形式の歌合である。

二九歳の俊忠に対し、紀伊は七〇歳を過ぎており、親子以上の年齢差での恋歌対決であった。若い俊忠の歌に対し、紀伊は、初句から音律が高く相手を圧倒し、「浦風」に対し

「堀河院艶書合」の流れと参加者

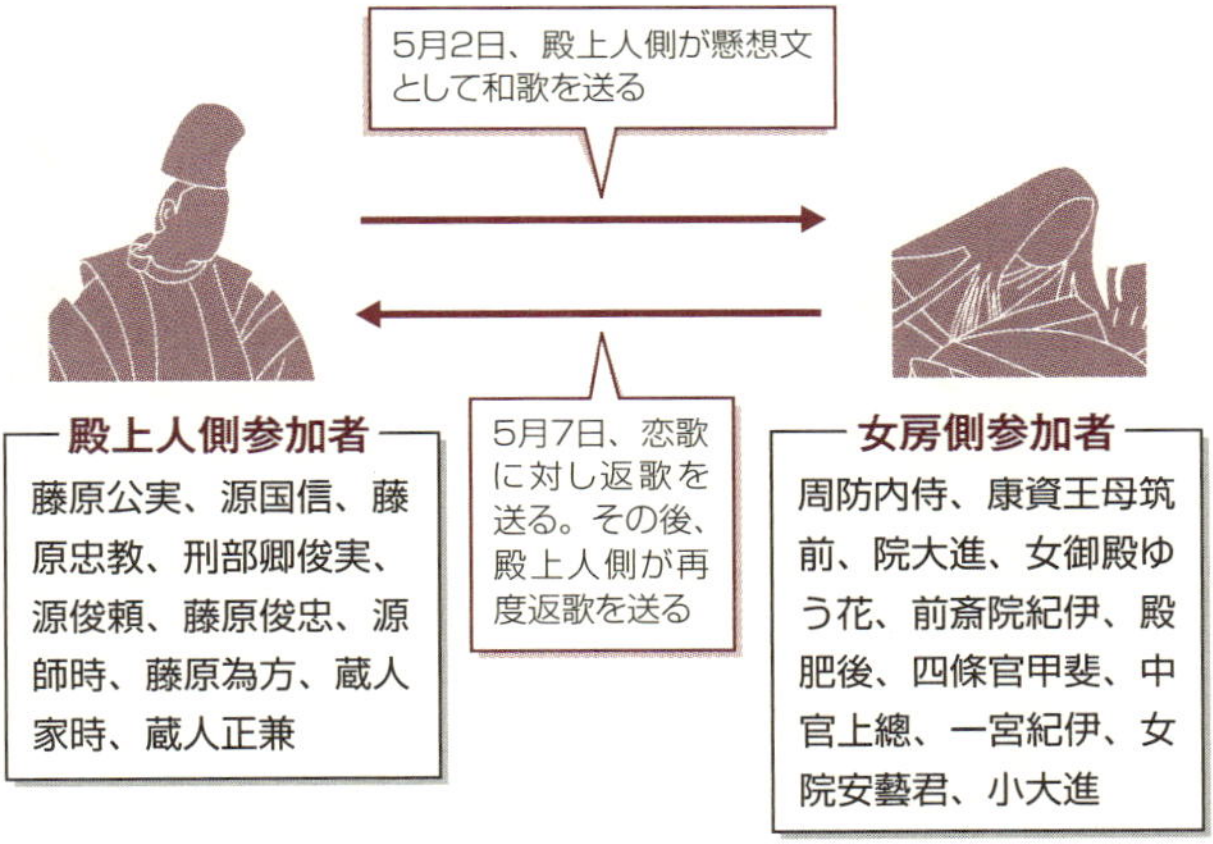
5月2日、殿上人側が懸想文として和歌を送る
5月7日、恋歌に対し返歌を送る。その後、殿上人側が再度返歌を送る
殿上人側参加者
藤原公実、源国信、藤原忠教、刑部卿俊実、源俊頼、藤原俊忠、源師時、藤原為方、蔵人家時、蔵人正兼
女房側参加者
周防内侍、康資王母筑前、院大進、女御殿ゆう花、前斎院紀伊、殿肥後、四條官甲斐、中官上總、一宮紀伊、女院安藝君、小大進

ては「あだ波」でやり返している。

贈歌の掛詞《かけことば》「あり」「よる」に対して「高し（地名と高し）」「かけ（浪をかけない、思いをかけない）」、縁語《えんご》「浦・浪・寄る」に対して「浜・浪・濡れ」と応じており、掛詞や縁語の数も一致させるという見事な出来栄えである。経験豊富な作者の熟練技が光る歌に俊忠もタジタジだっただろう。このように歌の世界であれば、女性も男性も相手が何歳であろうが艶《つや》やかな世界を自由に楽しむことができるのも歌の魅力の一つといえる。

　当時の女性は、四〇歳を過ぎると性愛関係から卒業した。一方、男は性の能力が衰えていないことが男らしさの証《あかし》ととらえられ、八〇、九〇代で子を産ませた男性もいたようだ。

春《はる》の夜《よ》の夢《ゆめ》ばかりなる手枕《たまくら》に
かひなく立《た》たむ名《な》こそをしけれ

周防内侍《すおうのないし》

春の短い夜の夢のようにはかないあなたの手枕のために、つまらない噂が立ってしまうなんて、残念なことですわ。

差し出された「手枕」

男からの誘いを断った歌であるのは、見てわかる通りだが、その詳しい状況は、詞書に記されている。旧暦二月の月の明るい夜、二条院《にじょういん》に人が集まり語り明かしていたところ、周防内侍《すおうのないし》は軽い眠気を催した。そこで「枕がほしいわ」とつぶやいたところ、「これを枕にどうぞ」と、御簾《みす》の下からすっと腕が伸ばされた。

腕の主は大納言・藤原忠家《ただいえ》。当時、〝手枕《たまくら》を交わす〟のは、男女が共寝《ともね》するサインであり、「一夜をともにしましょう」といううきわどいお誘いである。それを見た内侍が即興で詠んだお断りの歌が「春の夜の〜」だった。

「かひなく」という言葉に「甲斐《かい》なく」と「腕《かいな》」をかけて技巧を見せつつ、「春の夜」「夢」

「手枕」という甘美な調べで包み込み、なまめかしい大人の色気をまとわせている。だがこれは、前述したように衆人環視《しゅうじんかんし》のなかで詠まれた歌であり、一種の恋愛遊戯《ゆうぎ》だった。

周防内侍は、周防守棟仲《すおうのかみむねなか》の娘で、名は仲子《ちゅうし》。父の名をとって周防内侍と呼ばれ、後冷泉《ごれいぜい》、後三条《ごさんじょう》、白河《しらかわ》、堀河《ほりかわ》と四代の天皇に仕えたという。「高陽院歌合《かやのいんうたあわせ》」など多くの歌合に参加し、勅撰集にも三五首採用された高名な女流歌人としても知られた。

藤原忠家はきわどい挑発で周防内侍を試し、当意即妙《とういそくみょう》のかけあいを楽しんだのだろう。周防内侍もそれを承知の上で、「憎からぬ男に言い寄られて苦しく拒絶する」歌をつくり、

周防内侍の時代の歴代天皇

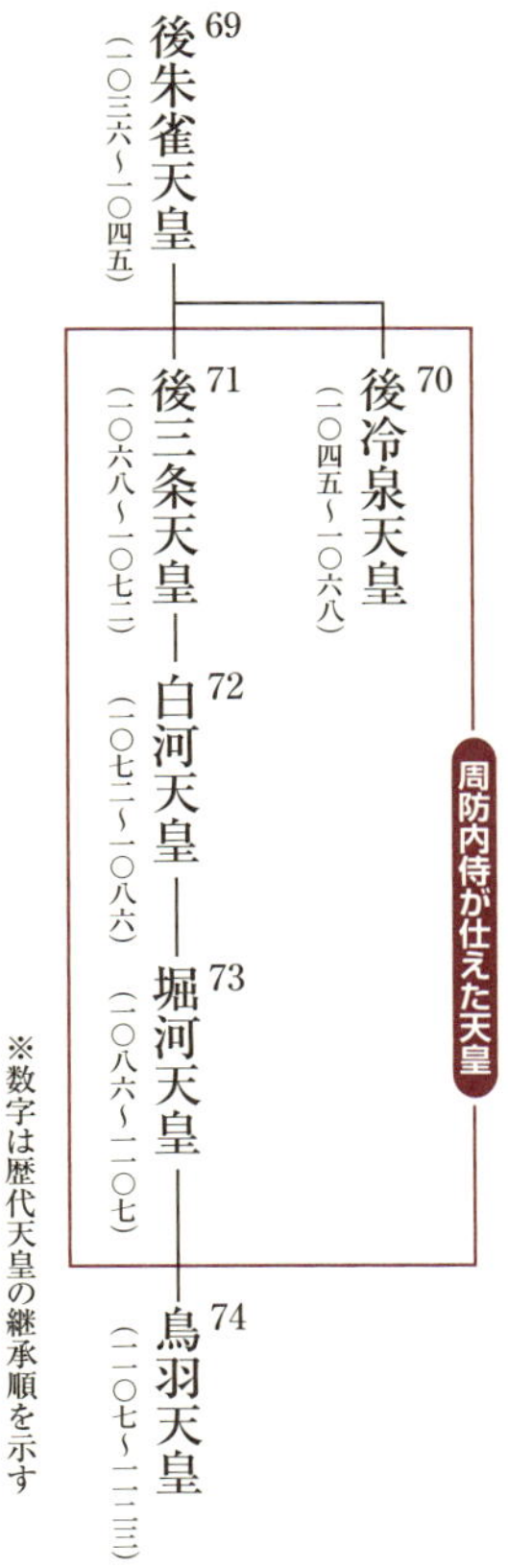

周防内侍は、はじめ後冷泉天皇に仕えたが、天皇崩御を機に退出。しかし後三条天皇に請われて再び出仕をはじめ、四代にわたって奉仕し続けた。

周囲から感嘆せしめたと考えられる。

憎からず想っていた男女の行く末は

とはいえ、いくら恋愛を模したやりとりが盛んな当時であっても、腕枕を差し出す行為はあまりに大胆である。また、それに対する歌も艶めかしいため、二人はかねがね憎からず思っていたのではないかという説がある。

一連のやりとりは『千載集《せんざいしゅう》』に収録されているのだが、この「春の夜は」の歌に対して、忠家は次のような歌を返している。「契りありて春の夜ふかき手枕を　いかがかひなき夢になすべき（前世の縁がありますから、はかない夢とお思いなさるな。私は真剣です）」。

このとき周防内侍は三〇代、忠家は四〇代だったとされ、どちらも当時としては決して若いとはいえない年齢である。

酸《す》いも甘いもかみわけた中年の男女が、戯《たわむ》れにかこつけてお互いの本音をひそかに歌に託して吐露《とろ》しあう。人前だからと、ていよく冗談であしらいながらも、憎からず思っていた二人の恋が、じつはここからはじまったのではないか……。思わずそんな想像すらかき立てられる春の夜の艶歌《えんか》である。

周防内侍と忠家のやりとり

（少し眠いから）
枕がほしいわ
周防内侍
（御簾の下から手をさし入れて）
これを枕にどうぞ
藤原忠家
春の夜の夢ばかりなる手枕に
かひなく立たむ名こそをしけれ
→ご冗談はやめてください
周防内侍
契りありて春の夜ふかき手枕を
いかがかひなき夢になすべき
→冗談ではなく真剣ですよ
藤原忠家

擬似恋愛説

人目のあるなかで披露してみせた当意即妙の機知に富んだやりとり。いわば社交辞令的なたわむれと読める

本気説

日頃周防内侍をにくからず想っていた忠家が、よきタイミングとみて社交辞令にかこつけた恋の表明をしたと読める

彼女と忠家が実際に恋に落ちていたという解釈から、江戸時代には土佐浄瑠璃である『周防内侍美人桜』が成立し、人気を博した。

契《ちぎ》りおきしさせもが露《つゆ》を命《いのち》にて
あはれ今年《ことし》の秋《あき》もいぬめり

藤原基俊《ふじわらのもととし》

させも草の露のような約束にすがっておりましたのに、
もう今年の秋も終わってしまいます。

息子の出世が叶わず落胆する父

作者の藤原基俊《もととし》は、歌人として名高い藤原俊成《しゅんぜい》の師にして、自らも勅撰集（天皇や上皇の命によって編纂された歌集）に多くの歌が収録された歌の世界の巨匠《きょしょう》である。しかし、傲慢な性格が災いしたのか、右大臣の家に生まれながら出世に恵まれなかった。そのため出家した息子・光覚《こうかく》への期待が大きく、栄達《えいたつ》を人一倍望んでいたという。

この歌はその子を思う父の嘆きの歌である。

詞書には、次のような事情が記されている。作者は、光覚を興福寺維摩会《こうふくじゆいまえ》（仏法を説いたり供養《くよう》を行なう法会《ほうえ》）の講師にしてもらえるよう、主宰者である藤原氏の長・太政大臣藤原忠通《ただみち》に依頼していた。だが光覚は選ばれず、落胆した基俊が詠んで差し出したのが「契りおきし〜」なのである。

「させもが露を命にて」は、清水観音《しみずかんのん》が詠んだとされる『新古今和歌集《しんこきんわかしゅう》』の「ただ頼めしめぢが原のさせも草　われ世の中にあらんかぎりは（私を信じなさい。私があなたたち衆生を救おうとしているかぎりは）」を引き合いにしたもの。忠通が「私に任せておけ」と約束していたことをあらわしている。その言葉を頼みにしていたのに、はかなくも夢と散り、恨み節を過ぎ行く秋のあわれに重ねて詠んだ。

このように歌が解釈されるのは、前述の通り詞書があってこそ。

だが、歌単体を眺めていると、じつは恋歌としての趣《おもむき》が感じとれる。

歌中に出てくる「契り」「させも」「露」「秋（飽き）」は恋歌によく使われる表現であり、もしこの歌が恋歌であれば「契り」は〝約束事〟ではなく、二人のあいだは変わらないという〝誓い〟であると解釈できる。その場合、愛を誓った恋人が約束の秋になっても姿を見せず、言葉を頼りに待ちぼうけをした女性が、男の不実をなじっている歌と読めるのだ。一夜を共にした後朝の別れに、観音のことばを引き合いにしてまで誓い合ってくれたのに、男はいっこうにあらわれず、ただむなしく季節が変わっていく。恨むべくは愛しいその人だが、恨みを本人にぶつけることすら叶わない、女性の哀歌《あいか》なのかもしれない。

思《おも》ひわびさても命《いのち》はあるものを
憂《う》きにたへぬは涙《なみだ》なりけり

道因法師《どういんほうし》

つれない人を慕い嘆いて、それでも命だけはつないでいるのに、
つらさには耐えられなくて、どうしても涙だけはあふれてしまうよ。

破天荒な歌人の執念

つらい恋に涙を流すのは、女性だけとはかぎらない。恋に苦しみ、涙するのは男性もまた同じ。食べ物も口にできず体はやつれるばかりだが、それでもなんとか耐えている命と、こらえきれずにあふれ出てしまう涙を対比させ、苦しみの実感を導き出した歌である。

作者の道因法師《どういんほうし》は、六〇代の頃に歌を詠みはじめた遅咲きの歌人である。俗名は藤原敦《あつ》頼《より》といい、八二歳のときに出家するも、破天荒《はてんこう》な人柄で知られた。

だが歌への執心は並々ならぬもので、八〇代になると、歌がうまくなりますようにと毎月住吉《すみよし》神社へのお参りを欠かさず、九〇歳になっても歌会に出席して周囲を感心させている。

「思ひわび～」は、破天荒な老僧からは想像できない恋歌だが、過去の恋愛を振り返り詠

んだものと推測される。これが百人一首に収録され、後世にまで詠み継がれた。

当初、定家はこの歌を評価していなかったようだ。だが、晩年に至って心境の変化があったのか、百人一首に採集したのである。ただし恋歌としてではない。冒頭の「思ひわび」が、恋の歌によく使われるため恋歌とみなされるが、百人秀歌で藤原清輔《きよすけ》の「ながらへば〜」と対《つい》にされている点から考えると、藤原定家は人生の述懐《じゅっかい》歌としてこの歌を評価したのだと考えられる。晩年の定家が、自らの老いと向き合ったとき、この歌はしみじみと人生を振り返る述懐歌として心に響いたのではなかろうか。

歌の読み解き方

思ひわびさても命はあるものを憂きにたえぬは涙なりけり

思ひわび＝恋の歌によく使われるフレーズ（恋歌として鑑賞される）

たえぬ＝絶えぬ（涙がたえずこぼれる）

たえぬ＝堪えぬ（つらさにたえられない）

命はあるもの／憂きにたえぬは涙：耐えうる肉体と耐えがたい涙を対照させた表現

この歌では、「たえぬ」という言葉にいくつもの意味をかぶせることで、恋の苦しみ・痛みを強く表現している。

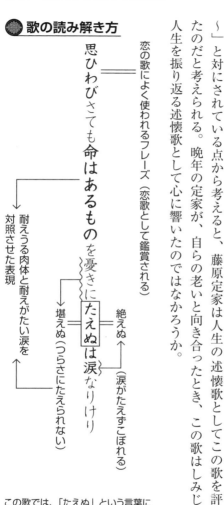

夜《よ》もすがら物思《ものおも》ふころは明《あ》けやらで
閨《ねや》のひまさへつれなかりけり

俊《しゅん》恵《え》法師《ほうし》

一晩中、つれない人を思って嘆くこの頃は、夜はなかなか明けない。恋人ばかりか光も差さない寝室の戸の隙間さえ無情に感じられるよ。

闇のなかで孤閨をかこつ女

恋人を待つ夜の長さを詠んだ女性の歌は多いが、この「夜もすがら～」には、独り寝の寂しさを苦悶《くもん》する実感がともなう。女は男が来ないとあきらめて、独り寝室で横になっているのだろう。「閨《ねや》のひまさえ」の「ねや」は寝屋で寝室のこと、「ひま」は板戸のすき間である。そのすき間から早く朝の光が差して欲しいのに、依然として闇は深く、すき間さえもつれない恋人のように薄情だと嘆いている。

当時の貴族の寝室は、御帳台《みちょうだい》（ベッド）が置かれていた。夜、そのベッドにぽつんと一人横たわり、来ない恋人を思う時間は長く感じられたことだろう。暗闇が孤独感をいっそう際立たせ、まんじりともできない。

『源氏物語絵巻 第二巻』

中央に伏せるのは、柏木。女三の宮との密通事件ののち、床に伏した柏木のもとを夕霧が訪問している。平安時代の貴族の寝室がよくわかる図である（国立国会図書館蔵）。

ただただ、朝が早く来てほしいと願い、光が差し込んでいないかと、寝室の戸のすき間にまで目を凝らしてみるが、一筋の光さえ見えはしない。黒髪をなびかせて何度も寝返りを打ちながら、すき間さえもつれないと嘆く女性の姿が目に浮かぶ。

「閨のひまさえ」という表現はユニークで、いかにも実体験をもとにしていると読めるが、じつはこれも男性の僧侶・俊恵《しゅんえ》法師による代詠《だいえい》である。

奈良東大寺《とうだいじ》の僧侶である俊恵は祖父の経信《つねのぶ》、父の俊《とし》頼《より》に続いて、三代にわたって百人一首への選歌を果たした歌人。藤原清輔《きよすけ》や道因法師らとともに白川の僧林《そうりん》坊《ぼう》にて「歌林苑《かりんえん》」という歌人集団をつくり、平安末期歌壇の一大グループを形成した。しばしば歌会も催しており、この歌もその折に「恋」の題詠のもと、俊恵が女の立場にたって詠んだ歌である。

難波江《なにわえ》の蘆《あし》のかりねのひとよゆゑ
みをつくしてやこひわたるべき
皇嘉門院別当《こうかもんいんのべっとう》

難波江の蘆を刈り取った根の一節のような短い夜をあなたと過ごしたために、澪標のように身を尽くしてあなたを恋し続けなくてはならないのでしょうか。

旅宿に出会う恋

九条兼実《くじょうかねざね》が主催した歌合において「旅宿に逢う恋」という題で詠まれた歌である。

当時の貴族の女性は気軽に旅などできず、外出といえばせいぜい寺社に参拝する物詣《ものもうで》ぐらい。それも多くの従者を引き連れていたので、旅先で恋に落ちることはまずなかった。

そのためほかに類を見ない難題だったと考えられる。

作者の皇嘉門院別当《こうかもんいんのべっとう》は皇嘉門院（崇徳《すとく》天皇皇后聖子《せいし》）に仕えた女房で、歌人としてはさほど名が知られていないが、この歌は技法を駆使した秀歌ゆえに百人一首に採集されたという。

「難波江《なにわえ》」は、大阪湾の入り江で蘆《あし》の名所である。西国に船に乗って旅立つ出発点として、海路を示す標識「澪標《みおつくし》」が設置されていたという。そのため難波江は、旅先での心乱れる恋のイメージに最適の場所だったといえる。

難波江の旅の風景に重ねつつ、「かりね」は「刈り根（蘆を切り取った根）」と「仮り寝（仮の宿）」、「ひとよ」は「一節（蘆の茎の節と節のあいだで、短いという意）」と「一夜」、「みをつくし」は「澪標」と「身をつくし」というように、三つもの掛詞が使われる。

序詞も巧みで、「難波江の蘆」という歌枕を序詞として「仮寝の一夜」を導き出し、仮寝の一夜の契りゆえと盛り上げておいて、「みをつくし」つまり生涯恋しつづけるという女心で受け止めている。さらに、「蘆」「かりね」「ひとよ」「澪標」「わたる」がすべて難波江の縁語で、無駄な言葉が一つもない。

難波江からはじまり次々と連想されるように導き出される縁語が響きあい、華麗な調べとなって歌に味わい深い奥行きをもたらしている。

その上で作者は、主人公の女性を一夜の契りを結んだ人との再会を願う遊女として空想上の物語を思い描き、この難題に見事こたえたのである。

旅先という非日常空間で出会った相手は、印象深く心に残るもの。二度と会えない相手と思うからこそ、愛しさが募り恋焦がれていく。一夜の契りを結んだ男性への強い思いを、生涯一度の恋と詠んだ歌である。

「秋《あき》の田《た》のかりほの庵《いほ》の苫《とま》をあらみ　わが衣手《ころもで》は露《つゆ》に濡《ぬ》れつつ」天智天皇《てんじてんのう》

↓秋の田の傍にある小屋は、粗く編んで葺いているため、そこで番をする私の袖《そで》は夜露で濡れてしまうよ

秋に実った稲穂を鳥獣害から守るための見張り小屋に寝泊まりしている農民の心情を詠んだ歌。天智《てんじ》天皇作として巻頭に据えられているが、『万葉集《まんようしゅう》』ではよみ人知らずとされ、農民のあいだで歌われていた民謡が原型になっていると考えられる。

「春過《はるす》ぎて夏来《なつき》にけらし白妙《しろたえ》の　衣《ころも》ほすてふ天《あま》の香具山《かぐやま》」持統天皇《じとうてんのう》

↓春が過ぎて夏が来たよう。夏に白い着物を干すという天の香具山に白い着物が干されているわ

持統《じとう》天皇は、強いリーダーシップを発揮した女帝。天武《てんむ》天皇の皇后である彼女は、夫の死後は、後継ぎとしていた皇子に先立たれ、自ら即位している。仰ぎ見る新緑のなかに白い衣が広げられている色彩の美しさと、初夏の訪れを発見した心の弾みが、歌からあふれ出るようである。

「田子《たご》の浦《うら》にうち出《い》でてみれば白妙《しろたえ》の　富士《ふじ》の高嶺《たかね》に雪《ゆき》は降《ふ》りつつ」山部赤人《やまべのあかひと》

↓田子の浦の浜に出て遠くを見ると、真っ白な富士の高嶺に今も雪が降り続いているよ

山部赤人《やまべのあかひと》は万葉期の代表的歌人。田子の浦は駿河《するが》湾近くにあり、富士山を眺めるのに最適の場所といわれていた。この歌は、はるばる奈良からやって来た作者が、富士山の白く輝く頂《いただき》を望んだときの気持

ちの高揚が表現されている。

「奥山《おくやま》に紅葉《もみじ》踏《ふ》み分《わ》け鳴《な》く鹿《しか》の　声聞《こえき》くときぞ秋《あき》は悲《かな》しき」猿丸大夫《さるまるのたいふ》

↓奥深い山中に散り積もった紅葉の葉を踏み分けて鳴く鹿の声を聞くと、秋の悲しさが身にしみるなぁ

秋は鹿の繁殖期で、雄鹿が雌鹿を呼ぶために響く声で鳴くことがあるという。人里離れた深い山のなかでそれを耳にした人は、遠く離れた自身の恋人への思いを募らせたことだろう。視覚と聴覚の両方に訴えて、秋の哀れさを表現した秀歌である。

「かささぎの渡《わた》せる橋《はし》におく霜《しも》の　白《しろ》きを見《み》れば夜《よ》ぞ更《ふ》けにける」中納言家持《ちゅうなごんやかもち》

↓かささぎが天の川に渡すという橋、それにたとえられる宮中の階段に霜が降りて白くなっているのを見ると、

夜がすっかり更けてしまったのだなぁ

中国には、七夕《たなばた》の夜、かささぎが翼を連ねて天の川に橋をかけ、織姫《おりひめ》を牽牛《けんぎゅう》のもとに渡らせたという故事がある。それを踏まえ、橋を宮中の階段にたとえて凍てつく深夜の光景を詠んだのがこの歌だ。大《おお》伴家持《とものやかもち》は、大和朝廷の成立から続く大伴氏の氏長者《うじちょうじゃ》として生まれた。

「天《あま》の原《はら》振《ふ》りさけ見《み》れば春日《かすが》なる　三笠《みかさ》の山《やま》に出《い》でし月《つき》かも」安倍仲麿《あべのなかまろ》

↓空を仰いでみると月が出ている。昔、故郷の春日にある三笠山の上に出ていた月と同じなのだなぁ。

安倍仲麿《あべのなかまろ》は一九歳で唐《とう》に留学し、玄宗《げんそう》皇帝に重用された人物である。五〇歳を越えて日本に帰ろうとした際、唐で開かれた送別の宴でこの歌を詠んだと伝わる。誰にでもある望郷の思いを、はるか昔に故郷の奈良で見た月と三笠山に重ねた、時間も距離も壮大なスケールを持つ、国際的な歌である。

「わが庵《いほ》は都《みやこ》のたつみしかぞ住《す》む　世《よ》をうぢ山《やま》と人《ひと》はいふなり」喜撰法師《きせんほうし》

↓都の東南にある庵で私は快適に暮らしている。けれどまわりの人々は世の中のつらさを逃れ宇治山にこもっているというそうだ

掛詞《かけことば》を多用して、技巧をこらした歌。「たつみ」とは「巽」で東南の方角、「うぢ山」は京都の東南にある「宇治山」で、「住む」には「澄む」がかけられている。「宇治山」には「憂し＝つらい」がかけられており、このように澄んだ心で住んでいるのですよと語りかけている。喜撰法師《きせんほうし》は六歌仙《ろっかせん》の一人。

「これやこの行《い》くも帰《かえ》るも別《わか》れては　知《し》るも知《し》らぬもあふ坂《さか》の関《せき》」蝉丸《せみまる》

↓これが都から去る人と帰る人が別れ、知り合いも見知らぬ人も出会い別れるという逢坂の関なのだなぁ

多くの人の出会いと別れが繰り返されてきた逢坂の関に、作者の蝉丸《せみまる》は庵《いおり》を結んでいたという。この歌は流れるようなリズムが特徴で、人の行き来を思わせる。

「わたの原八十島《はらやそしま》かけて漕《こ》ぎ出《い》でぬと　人《ひと》には告《つ》げよ海人《あま》の釣舟《つりぶね》」参議《さんぎ》篁《たかむら》

↓はるか彼方の小さな島を目指して広い海へ漕ぎ出したことを、釣り船の漁夫たちよ、都に伝えてほしい

雄大な景色を詠んだ船出の歌だが、その心情は希望の欠片《かけら》もない。じつはこの歌は、作者が隠岐に流罪となった際に詠まれた無念の歌。小野篁《おののたかむら》は優れた学者にして漢詩人だった。だが嵯峨《さが》天皇の怒りに触れ、隠岐《おき》に流された。「人」が、恋人なのかは不明だが、都を思いつつのさびしい船出だったことだろう。

「天《あま》つ風《かぜ》雲の通《かよ》ひ路《じ》吹きとぢよ　乙女《おとめ》の姿《すがた》しばしとどめむ」僧正遍昭《そうじょうへんじょう》

↓吹く風よ、雲のなかにあって天に通じるという道を閉ざしてくれ。天に帰ろうとする乙女の姿を、しばらくのあいだ地上に留めておきたいから

収穫を祝う宮中儀式の「五節《ごせち》の舞」で、優美に踊る娘たちを天女《てんにょ》に見立てて詠んだ歌である。五人の娘たちは五回袖《そで》を翻《ひるがえ》して踊り終えると退出する慣わしだったが、仁明《にんみょう》天皇がそれを「引き止めておきたいものだ」と惜しんだため、この歌を詠んだという。僧正遍昭《そうじょうへんじょう》は六歌仙の一人に数えられる歌人。

「立《た》ち別《わか》れいなばの山《やま》の峰《みね》に生《お》ふる　まつとし聞《き》かば今帰《いまかえ》り来《こ》む」中納言行平《ちゅうなごんゆきひら》

↓あなたと別れ私は因幡国《いなばのくに》に行きますが、稲羽山の峰に生える松のように、あなたが私の帰りを待つと言うのなら、すぐに帰ってきますよ

在原行平《ありわらのゆきひら》がこの歌を詠んだエピソードは現在、二つ伝えられている。一つは、因幡国への赴任が決まった行平のため、友人たちが送別会を開いた際に詠んだ歌という説。もう一つは、蟄居《ちっきょ》を命じられた際、

ある姉妹と恋に落ちるも、帰京となり、別れを惜しむ姉妹に詠んだのだという歌だ。

「ちはやふる神代《かみよ》も聞《き》かず龍田川《たつたがわ》　からくれなゐに水《みず》くくるとは」在原業平朝臣《ありわらのなりひらあそん》

↓不思議なことが起こったという神代の時代でさえ聞いたことがない。龍田川に紅葉が浮かび、川を紅色に染めようとしたとは

歌物語『伊勢物語《いせものがたり》』の主人公のモデルとして知られる在原業平《ありわらのなりひら》は、『伊勢物語』によれば高貴な女性との駆け落ちに失敗している。その女性は清和《せいわ》天皇の后となる藤原高子《ふじわらのたかいこ》で、この歌は高子の依頼で詠まれたという。手の届かなくなったかつての恋人へのメッセージであったとも解釈できる。

「吹《ふ》くからに秋《あき》の草木《くさき》のしをるれば　むべ山風《やまかぜ》をあらしといふらむ」文屋康秀《ふんやのやすひで》

↓山おろしの風が吹くと、秋の草木がしおれてしまうから、山風のことを嵐というのだなぁ

文屋康秀《ふんやのやすひで》は謎に包まれた人物だ。六位以下の下級官吏として生涯を終えたため、公式資料に詳細が残らなかったといわれている。六歌仙に選ばれるほどの歌才を持ち、小野小町《おののこまち》との交際の噂もある。公務で三河《みかわ》に赴任することになった際、小町に同行の誘いをかけ、対する小町は拒絶の意味の歌を返した。

「月見《つきみ》ればちぢにものこそ悲《かな》しけれ　わが身《み》ひとつの秋《あき》にはあらねど」大江千里《おおえのちさと》

↓月を見ていると心が乱れて悲しい気持ちになる。私だけに秋が来たわけでもないのに……

大江千里《おおえのちさと》は在原業平の甥にあたる人物で、父・大江音人《おとんど》は漢学者として著名であった。千里の時代は漢詩の要素をとり込んだ和歌が流行。この歌も、唐の詩人である白楽天《はくらくてん》が愛する男に先立たれた女性の立場で詠んだ恋の歌を翻案《ほんあん》したものだ。千里は歌を翻案するにあたり、言い回しを変えるなどして日本風にアレンジしている。

「このたびは幣《ぬさ》も取《と》りあへず手向山《たむけやま》　紅葉《もみじ》の錦神《にしきかみ》のまにまに」菅家《かんけ》

→今回の旅はあまりに急で幣を用意する暇もありませんでした。代わりに手向山の紅葉を捧げるので、神の御心のままにお受け取りください

作者の菅原道真《すがわらみちざね》は、学才に優れた人物だった。とくに道真を重用したのが宇多《うだ》天皇で、この歌は、宇多天皇の吉野宮滝行幸《よしののみやたききょうこう》に同行した折に詠んだ。幣は道中の無事を祈るための神の捧げものであり、道中を彩る紅葉の葉の美しさを見た道真が、機転を利かせその場で差し替えたと考えられる。

「小倉山峰《おぐらやまみね》の紅葉葉《もみじば》心《こころ》あらば　いまひとたびのみゆき待《ま》たなむ」貞信公《ていしんこう》

→小倉山の峰の紅葉よ、お前に心があるというのなら、もう一度天皇がおいでになるまで散らずにいてくれ

貞信公《ていしんこう》は、藤原基経《もとつね》の四男・忠平《ただひら》である。兄時平《ときひら》・仲平《なかひら》とともに「三平《さんひら》」と呼ばれた政界の実力者だった。宇多上皇が小倉山《おぐらやま》に紅葉狩《もみじが》りに出かけた際上皇が子である醍醐《だいご》天皇にも見せたいとつぶやいた。その言葉に反応して忠平が詠んだのがこの歌だ。

「山里《やまざと》は冬《ふゆ》ぞ寂《さび》しさまさりける　人目《ひとめ》も草《くさ》もかれぬと思《おも》へば」　源《みなもとの》宗于朝臣《むねゆきあそん》

↓山里は冬がことのほか寂しく感じられる。訪ね来る人が途絶え、草木が枯れてしまうと思うと……

源《みなもとの》宗于《むねゆき》は光孝《こうこう》天皇の孫として生まれたが、臣籍《しんせき》に下り、源姓を名乗った。「山里は～」を詠んだ頃の作者は京都から少し離れた山の麓《ふもと》に住んでいた。冬になると、訪れる人の足も途絶える。心を慰めてくれる草木も枯れてしまい、冬の山里の寂しさに己《おのれ》の境遇を重ねて歌を詠んだとも解釈できる。

「心《こころ》あてに折《お》らばや折《お》らむ初霜《はつしも》の　置《お》きまどはせる白菊《しらぎく》の花《はな》」　凡河内躬恒《おおしこうちのみつね》

↓折るのなら、あて推量《ずいりょう》で折ろう。真っ白の初霜が降りて白菊の花と見分けがつかないから

凡《おおしこうちの》河内躬恒《みつね》は、『古今和歌集』の選者。天皇の食事を用意する御厨子所《みずしどころ》に就任し、宮中で歌の才能を磨いたとされる。この歌は、真っ白の霜のなかに白菊が紛れ込んでいて、見分けがつかないため、心のおもむくままに手を伸ばして白菊を折ってみようかという、遊び心を感じさせる歌だ。

「朝《あさ》ぼらけ有明《ありあけ》の月《つき》と見《み》るまでに　吉野《よしの》の里《さと》に降《ふ》れる白雪《しらゆき》」　坂上是則《さかのうえのこれのり》

↓夜が明けてくる頃、有明の月の光が射しているのかと思うほどに、吉野の里に積もる白雪であることよ

坂《さかのうえのこれのり》上是則は、歌才に恵まれ三十六歌仙に選出されているほか、蹴鞠《けまり》の名手としても知られた。吉野の地は平安時代、雪の名所といわれていた。是則が地方官となり大和国に向かった際に見たはるか彼方

まで広がる銀世界の感動が表現されている。

「山《やま》がはに風《かぜ》のかけたるしがらみは　流《なが》れもあへぬ紅葉《もみじ》なりけり」春道列樹《はるみちのつらき》

↓山の中の川にあったしがらみは、風が作ったもので流れずにとどまる紅葉だったよ

春道列樹《はるみちのつらき》は下級貴族の出。しがらみとは、流れをせき止めるために杭《くい》を立て、竹を編んだ柵《さく》のこと。川の淵にたまる紅葉をしがらみに見立てた表現は、川に浮かぶ紅葉の絨毯《じゅうたん》の色彩が目に浮かぶようだ。

「久方《ひさかた》の光《ひかり》のどけき春《はる》の日《ひ》に　しづ心《こころ》なく花《はな》の散《ち》るらむ」紀友則《きのとものり》

↓日の光がのどかにさす春の日に、どうして桜の花はこうあわただしく散るのだろう

紀友則《きのとものり》は、若い頃は要職にも就けず、自分の不遇を嘆くことも少なくなかった。だが、優れた文筆が認められ、四〇を過ぎてから内記《ないき》（天皇の行動を記録する役割）となった。この歌は一般に、咲いてからあっという間に散ってしまう桜のはかなさをもとに無常観を表現していると解釈される。

「誰《だれ》をかも知《し》る人《ひと》にせむ高砂《たかさご》の　松《まつ》も昔《むかし》の友《とも》ならなくに」藤原興風《ふじわらのおきかぜ》

↓年老いた私は、誰を親しい友にすればよいのだろうか。高砂の松の老木でさえも、昔からの友ではないのに

この歌は、長生きはしたものの、次々と同世代の友人たちが先立ち、気づけば自分だけが取り残されてしまった。長寿で知られた高砂《たかさご》神社の松くらいしか同じくらい年をかさねたものはいないが、語り合

うこともできない。この先、誰と友になったらよいのかと嘆く、孤独な老人の寂しさを詠んでいる。

「夏《なつ》の夜《よ》はまだ宵《よい》ながら明《あ》けぬるを　雲《くも》のいづこに月宿《つきやど》るらむ」清原深養父《きよはらのふかやぶ》

↓夏の短い夜は、宵の口だと思っている間に明けてしまったが、月は雲のどのあたりに宿っているのだろうか

清原深養父《きよはらのふかやぶ》は清少納言《せいしょうなごん》の曽祖父（祖父という説もある）である。この歌の面白いところは、月といえば秋という概念を覆し、夏の夜の短さを主題としていること。月が昇って沈む時間がないほど夏の夜は短いというのは極端な話だが、こうした誇張表現は『古今集』の時代に好まれた。

「白露《しらつゆ》に風《かぜ》の吹《ふ》きしく秋《あき》の野《の》は　つらぬきとめぬ玉《たま》ぞ散《ち》りける」文屋朝康《ふんやのあさやす》

↓白露に風が吹きつける秋の野は、糸で貫きとめていない玉が散っているようで美しいなぁ

文屋朝康《ふんやのあさやす》は、六歌仙の一人である文屋康秀《やすひで》の息子である。この歌は八九三（寛平《かんぴょう》五）年の歌合で詠まれたと伝わる。当時、白露《しらつゆ》を玉に見立てる表現は多く見られたが、この歌は白露をただ玉に見立てるだけでなく、貫きとおされていない玉があたり一面に乱れ散る様子を連想させる躍動的な表現が新鮮である。

「滝《たき》の音《おと》は絶《た》えて久《ひさ》しくなりぬれど　名《な》こそ流《なが》れてなほ聞《き》こえけれ」大納言公任《だいなごんきんとう》

↓この滝の音が聞こえなくなって久しいが、その名高い評判だけは今も流れ伝わって世間に知られているよ

藤原公任《ふじわらのきんとう》は博学多才な人物で、和歌・漢詩・管弦に優れた人物であった。この歌は九九九（長保《ちょうほう》元）

年の九月、左大臣藤原道長《みちなが》主催の嵯峨《さが》遊覧の際に、大覚寺《だいかくじ》で詠まれた。大覚寺は一時代前まで嵯峨天皇の離宮があり、庭の一角に人工の滝がつくられていた。公任の時代には滝跡が残るのみとなっていたが、名は当時も残っており、公任は滝同様自分の名声を後世に伝えようと歌を詠んだと解釈できる。

「めぐり逢《あ》ひて見《み》しやそれとも分《わ》かぬ間《ま》に　雲隠《くもがく》れにし夜半《よわ》の月《つき》かな」　紫式部《むらさきしきぶ》

↓久しぶりにめぐり会ったのに、雲隠れした夜半の月のように、あの人は去ってしまったわ

『源氏物語《げんじものがたり》』の作者・紫式部《むらさきしきぶ》の作。恋歌ではなく久しぶりに会ったのに、早々に帰ってしまったと、友との別れを惜しむ歌だ。

この歌を含め、紫式部の和歌には、女友達との歌が多い。同性との交流が盛んだったからこそ『源氏物語』のなかで魅力的な女性を書けたのだとも考えられる。

「大江山《おおえやま》いく野《の》の道《みち》の遠《とお》ければ　まだふみも見《み》ず天《あま》の橋立《はしだて》」　小式部内侍《こしきぶのないし》

↓大江山を越えて生野を通っていく道は遠いので、天橋立の地を踏んだこともないし、母からの手紙なんて見ておりません

小式部内侍《こしきぶのないし》は和泉式部《いずみしきぶ》と橘道貞《たちばなのみちさだ》の子。母と共に中宮彰子《ちゅうぐうしょうし》に仕え、歌才を発揮した。だが、誹謗《ひぼう》を受けることが多く、この歌も歌合の際に「母からの手紙が来てないようだけど大丈夫か」と揶揄《やゆ》した相手に言い返すべく詠んだ。当時、和泉式部は再婚した夫の藤原保昌《やすまさ》の任地である丹後《たんご》に下っており、そ

のゆかりの地を読み込んだ当意即妙《とういそくみょう》な歌で、見事なしっぺ返しをして見せた。

「いにしへの奈良《なら》の都《みやこ》の八重桜《やえざくら》　けふ九重《ここのえ》に匂《にお》ひぬるかな」伊勢大輔《いせのたいふ》

↓その昔に栄えた奈良の都に咲いていた八重桜が、今日はこの宮中で盛大に咲き誇っていることよ

伊勢大輔《いせのたいふ》は歌人の家柄に生まれ、紫式部や和泉式部らとともに一条天皇の中宮彰子に使えた。そんな彼女が八重桜の献上品を受け取る役に抜擢《ばってき》された際に詠んだのがこの歌である。奈良の栄華を偲《しの》ばせる八重桜に託して、現在の宮中の栄華を称《たた》えるという見事な歌を詠み、面目を立てたのである。

「朝《あさ》ぼらけ宇治《うじ》の川霧《かわぎり》たえだえに　あらはれわたる瀬々《せせ》の網代木《あじろぎ》」権中納言定頼《ごんちゅうなごんさだより》

↓冬の夜が白々と明けていく頃、川を覆っていた霧がとぎれとぎれに消え、その霧の絶え間から網代木が見えるようになってきたことよ

権中納言定頼《ごんちゅうなごんさだより》は大納言公任《きんとう》の長男である。定頼は二つ前の小式部内侍とのエピソードが有名だ。じつは彼女をからかった男は定頼で、からかったはいいが、見事な歌ではね返された。この歌は、闇がぼんやりと明けて川霧がうすらぎ、宇治川《うじがわ》の網代木《あじろぎ》が見えてきたという旅の光景を詠んでいる。

「もろともにあはれと思《おも》へ山桜《やまざくら》　花《はな》よりほかに知《し》る人《ひと》もなし」大僧正行尊《だいそうじょうぎょうそん》

↓山桜よ、懐かしく思っておくれ。山奥の孤独な私には、お前以外にわかってくれる人はいないのだから

三条《さんじょう》天皇の曾孫として生まれた行尊《ぎょうそん》は、諸国を行脚《あんぎゃ》するとともに、修験道《しゅげんどう》の行者《ぎょうじゃ》として熊野《くまの》や大峰《おおみね》（奈良県吉野）にて厳しい修行に励んだ。孤独に耐えながら修行に励む行尊は、山桜のけなげな姿に自身と通じる思いがしたのかもしれない。

「心《こころ》にもあらで憂《う》き世《よ》に長《なが》らへば　恋《こい》しかるべき夜半《よわ》の月《つき》かな」三条院《さんじょういん》

↓これから先、私の本心とは裏腹に、つらいこの世を生きながらえたらきっと恋しく思うだろう、今夜の月よ

三条院《さんじょういん》は冷泉《れいぜい》天皇の第二皇子で、即位は三六歳。だが、病弱のため在位五年で譲位し、その翌年に死去している。譲位を迫ったのは、藤原道長で娘・彰子の皇子を天皇位につけたいがためだったとされる。三条院が退位を決意するまで、道長は天皇を孤立させるなど陰湿なイジメを行なった。まさに退位を決意したとき、明るく輝く月を見て詠んだのがこの歌である。

「嵐《あらし》吹《ふ》く三室《みむろ》の山《やま》のもみぢ葉《ば》は　龍田《たつた》の川《かわ》の錦《にしき》なりけり」能因法師《のういんほうし》

↓嵐で乱れ舞う三室山の紅葉は、龍田川の川面を覆い尽くして、まるで錦の織物のようだ

能因法師《のういんほうし》の俗名は、橘　永愷《たちばなのながやす》。二六歳で出家し、以降はさすらいの歌人となった。歌づくりに熱心で、歌枕の地をめぐってはその旅先で歌を詠んだ。この歌はそうした旅先でつくられた作品ではなく、一〇四九（永承四）年一一月に後冷泉天皇が開催した内裏歌合にて詠まれたもの。

「寂《さび》しさに宿《やど》を立《た》ち出《い》でてながむれば　いづこも同《おな》じ秋《あき》の夕暮《ゆうぐ》れ」良暹法師《りょうぜんほうし》

↓あまりに寂しくてたまらない。そんな風に思って庵《いおり》を出たが、見渡すとどこも同じで秋の夕暮れは寂しい

作者の良暹法師《りょうぜんほうし》については、天台宗《てんだいしゅう》の僧である。大勢の僧でにぎわう比叡山《ひえいざん》での修行を終え、たった一人大原の地に移り、草の庵を営むも、話をするような友もいない。庵《いおり》にこもっているからいけないのだと外を歩いてみるが、誰にも会うことがなく、孤独がいっそう迫ってくる。誰もいない秋の山里に迫る夕暮れという情景が目に浮かび、寂しさが胸に染み渡る一首である。

「夕《ゆう》されば門田《かどた》の稲葉《いなば》訪《おとづ》れて　蘆《あし》のまろ屋《や》に秋風《あきかぜ》ぞ吹《ふ》く」大納言経信《だいなごんつねのぶ》

↓夕方になると、門前の田の稲の葉にサラサラと音をさせながらこの葦ぶきの小屋に秋風が吹き込んでくるよ

源　経信《みなもとのつねのぶ》は、有職《ゆうしき》（朝廷の礼や作法）に知識を持つ多芸の人だった。この歌は源師賢《もろかた》の梅津《うめづ》（現在の京都市右京区）の別荘で詠まれた。当時、貴族らはこぞって田舎に別荘を建て、遊びに出かけていた。そんなお遊びのなかで生まれた歌である。

「高砂《たかさご》の尾《お》の上《うえ》の桜《さくら》咲《さ》きにけり　外山《とやま》のかすみ立《た》たずもあらなむ」権中納言匡房《ごんちゅうなごんまさふさ》

↓あの高い峰にも桜が咲いたなぁ。人里に近い山の霞よ、どうか立たないでおくれ

権中納言匡房《ごんちゅうなごんまさふさ》は学者の家系である大江《おおえ》家の生まれで、平安時代を代表する学識者だった。幼い頃から神童と称えられ、菅原道真と比較されることもあった。技巧的な要素はないが、「尾の上」と「外山」を

対照させるように配しているあたりに漢詩人らしさが伺える。

「わたの原《はら》漕《こ》ぎ出《い》でて見《み》ればひさかたの　雲居《くもい》にまがふ沖《おき》つ白波《しらなみ》」法性寺入道前関白太政大臣《ほっしょうじにゅうどうさきのかんぱくだじょうだいじん》

↓大海原に舟を漕ぎ出して、はるか彼方を見渡すと、雲と見間違えるばかりに、沖の白波が立っていることよ

作者の本名は、藤原忠通《ただみち》。当時は鳥羽《とば》上皇と崇徳院《すとくいん》の親子の対立から崇徳院と後白河《ごしらかわ》天皇の兄弟対立に発展した折、忠通も父忠実と弟・頼長と対立。忠通が天皇側、父と弟が院につき、保元《ほうげん》の乱が勃発した。

「淡路島《あわじしま》通《かよ》ふ千鳥《ちどり》の鳴《な》く声《こえ》に　いく夜《よ》寝覚《ねざ》めぬ須磨《すま》の関守《せきもり》」源兼昌《みなもとのかねまさ》

↓淡路島から飛んでくる千鳥の、もの悲しく鳴く声に、いったい幾夜目覚めたことだろう、須磨の関守は

摂津《せっつ》国須磨《すま》（現在の神戸市須磨）は、平安時代当時、罪人が流された地であった。寂しい地に赴任した関守《せきもり》が、淡路島からわたってきた千鳥の声に目を覚ます。その寂しい鳴き声に、関守はますます孤独感にさいなまれるのだ。悲しい歌だが、この歌は源兼昌《みなもとのかねまさ》の創作である。

「秋風《あきかぜ》にたなびく雲《くも》のたえ間《ま》より　漏《も》れ出《い》づる月《つき》の影《かげ》のさやけさ」左京大夫顕輔《さきょうのだいぶあきすけ》

↓秋風によってたなびく雲の切れ間から、もれ出る月の光の、なんと澄み切った明るさよ

この歌は、崇徳院にささげた百首歌にて披露されたという。秋の澄み渡る夜空にたなびく細い雲、その切れ間から顔をのぞかせる月の美しさを詠んだもので、深い紺色の夜空に浮かぶ雲の色が徐々に変化

する情景がイメージされる。

「ほととぎす鳴《な》きつる方《ほう》をながむれば　ただ有明《ありあけ》の月《つき》ぞ残《のこ》れる」後徳大寺左大臣《ごとくだいじのさだいじん》

↓ホトトギスが鳴いたと思ってそちらを眺めるとその姿は見えず、ただ有明の月だけが西の空に残っているよ

この歌は、夏の象徴であるホトトギスの朝一番の声を聞こうと夜を明かしたときに詠まれたもの。静寂のなかに響くホトトギスの声。振り返っても、その姿は見えず、有明《ありあけ》の月が目に入る。音に集中していたところで、差し込む光が視覚へと誘う。自然美を愛でた平安貴族ならではのセンスを感じる歌である。

「世のなかよ道こそなけれ思ひ入る　山の奥にも鹿ぞ鳴くなる」皇太后宮大夫俊成《こうたいごうぐうのだいぶしゅんぜい》

↓世の中から逃れる道はないのだなぁ。世俗を離れようと入った山奥にも、鹿が悲しげに鳴いていることだ

皇太后宮大夫俊成《こうたいごうぐうのだいぶしゅんぜい》は、百人一首の撰者・藤原定家の父である。世の無常観をテーマにしたこの歌は、人生経験豊富な老人が語るような内容だが、当時の俊成は二七歳。二七歳は、中年にさしかかる年代であり、人生の振り返りをする年代だった。また、この頃交流のあった西行《さいぎょう》が二三歳で出家する。こうしたタイミングから、人生に思い悩み、その心境から生まれた一首だったと見られる。

「ながらへばまたこのごろやしのばれむ　憂《う》しと見《み》し世《よ》ぞ今《いま》は恋《こい》しき」藤原清輔朝臣《ふじわらのきよすけあそん》

↓生きながらえたら、つらいと思える今のことも懐かしく思い出すだろう。つらいと想った昔が、今では恋し

く思えるのだから

清輔《きよすけ》は、歌人である藤原顕輔《あきすけ》の次男として生まれる。六条家の跡取りを任され、歌学に大きな功績を残した。この歌は、そんな清輔が、不遇の時代に詠んだもの。「今のつらさも将来はよい思い出になる」というポジティブな考えは、現代人である私たちにも共感を覚えさせる。

「村雨《むらさめ》の露《つゆ》もまだ干《ひ》ぬまきの葉《は》に　霧立《きりた》ちのぼる秋《あき》の夕暮《ゆうぐれ》」寂蓮法師《じゃくれんほうし》

↓にわか雨が通り過ぎ、その露も乾かない杉や檜の葉に、霧が立ち上っている。そんな夕暮れだなぁ

寂蓮法師《じゃくれんほうし》は俗名を藤原定長《さだなが》といい、藤原俊成の甥にあたる。にわか雨が降ったあとの秋の夕暮れを詠んだ幻想的な歌は、一二〇一（建仁《けんにん》元）年に催された「老若五十首歌合」にて披露された。寂蓮は、後《ご》鳥羽《とば》上皇から『新古今和歌集』の撰者になるよう命じられたが、その完成を待たずに病没した。

「きりぎりす鳴《な》くや霜夜《しもよ》のさむしろに　衣《ころも》かたしきひとりかも寝《ね》む」後京極摂政前太政大臣《ごきょうごくせっしょうさきのだじょうだいじん》

↓こおろぎが鳴く冷えた夜に、私は自分の衣をしいて一人さびしく眠るのだろうか

きりぎりすとは、こおろぎのこと。さびしさが募るのは、「片敷《かたじ》き」のため。平安時代は、男女が床を共にするとき、互いの着物を合わせて敷いて布団にしていた。それが片方しかないとあるように、藤原良経は妻に先立たれており、その悲しみが込められた歌といえる。

「世《よ》のなかはつねにもがもな渚《なぎさ》こぐ　海人《あま》の小舟《おぶね》の綱手《つなで》かなしも」鎌倉右大臣《かまくらのうだいじん》

→世の中は常に変わらないでほしいものだ。漁師の小船の引き綱を引くさまは、趣深く心が引かれることだよ

目の前に広がる大海原《おおうなばら》を眺め、「穏やかな日が続くといいな」としみじみ思う歌である。作者は、鎌倉幕府を開いた源頼朝《よりとも》の次男・源実朝《さねとも》のこと。一二歳のときに、第三代将軍に就任したが、幾度も謀反《むほん》が繰り返された。激動の日々を送るなか、ふと目前の鎌倉の海が目に入り、日常の大切さに感じ入ったのだろう。

「みよし野《の》の山《やま》の秋風《あきかぜ》小夜《さよ》更《ふ》けて　ふるさと寒《さむ》く衣《ころも》打《う》つなり」参議雅経《さんぎまさつね》

→吉野の山の秋風が、夜更けに吹き渡り、里は冷え込んでいる。どこからか衣を打つ砧《きぬた》の音が聞こえてくるよ

参議雅経《さんぎまさつね》は、藤原頼経《よりつね》の子で、歌人として非凡な才能を発揮したほか、雅楽《ががく》の篳篥《ひちりき》の奏者にして蹴鞠《けまり》の名手、書にも優れる多才な人だった。この歌は、「み吉野の山の白雪つもるらしふるさと寒くなりまさるなり」という坂上是則《さかのうえのこれのり》の歌を本歌取りした作品。古びた里の家から砧を打つ音だけが聞こえてくるという内容だ。砧は、丸太に柄《え》がついた棒で、光沢を出すために衣を叩くために用いられた。

「おほけなく憂《う》き世《よ》の民《たみ》におほふかな　わが立《た》つ杣《そま》にすみ染《ぞめ》の袖《そで》」前大僧正慈円《さきのだいそうじょうじえん》

→恐れ多くも仏の加護を願い、俗世の人々におおいかけます。比叡山に住み始めた、私の墨染めの袖を……

前大僧正慈円《さきのだいそうじょうじえん》は、一〇代前半で出家《しゅっけ》し、比叡山にてもっとも過酷な修行といわれる「千日入堂《せんにちにゅうどう》（一

〇〇〇日間比叡山の無動寺《むどうじ》にこもって行なう修行）」を修めた。三〇代には天台宗の座主《ざす》（比叡山延暦寺の僧のトップ）に就任している。歌は、作者が二〇代のときに敬愛する最澄《さいちょう》の歌を本歌取りしたもので、自身の使命感と抱負を、開祖に向けて宣言した歌だと考えられる。

「花《はな》さそふ嵐《あらし》の庭《にわ》の雪《ゆき》ならで　ふりゆくものはわが身《み》なりけり」　入道前太政大臣《にゅうどうさきのだじょうだいじん》

↓桜の花を誘っては散らす嵐が吹く。その庭に降りゆくのは雪ではなく、年老いていくわが身なのだよ

藤原公経《きんつね》は承久《じょうきゅう》の乱時に幽閉されるが、計画を幕府に知らせて失敗に終わらせた功績が認められ、乱の終結後には太政大臣にまで昇り詰めた。だが、トップに昇り詰めた人間でも、老いには勝てない。雪さながらに桜の花が降り積もるさまを見て、自身の老い先の短さを痛感した一首である。

「風《かぜ》そよぐならの小川《おがわ》の夕暮《ゆうぐれ》は　御禊《みそぎ》ぞ夏《なつ》のしるしなりける」　従二位家隆《じゅにいいえたか》

↓風が吹く、ならの小川の夕暮れは、秋のように涼しいけれど、禊が夏であることのしるしだよ

関白だった藤原道家《みちいえ》の娘・竴子《そんし》が後堀河《ごほりかわ》天皇の中宮《ちゅうぐう》として入内《じゅだい》する際に持参する屏風《びょうぶ》に書きつけるために詠まれた歌である。川のほとりに心地よく吹く風は秋を感じさせるが、目の前で行なわれる神事が六月であることを示しているという内容で、涼を感じさせる一首である。

「人《ひと》もをし人《ひと》もうらめしあぢきなく　世《よ》を思《おも》ふゆゑにもの思《おも》ふ身《み》は」後鳥羽院《ごとばいん》

↓人が愛おしく、また恨めしく思われる。つまらないこの世を思うがゆえに、私はあれこれ思い悩むのだ

後鳥羽院《ごとばいん》は高倉《たかくら》天皇の第四皇子。源氏《げんじ》と平氏《へいし》が激しく争う激動の時代に生まれ、五歳（四歳という説もある）で即位している。承久《じょうきゅう》の変を起こしたために隠岐《おき》へと配流され、その地で没した。貴族社会の終わりを予感し、苛立ちを隠せずにいる自分の心情を語る一首である。

「百敷《ももしき》や古《ふる》き軒端《のきば》のしのぶにも　なほ余《あま》りある昔《むかし》なりけり」順徳院《じゅんとくいん》

↓宮中の古い軒端に生えるしのぶ草を見ると、偲《しの》んでも偲びきれない昔の御世よ

「百敷《ももしき》」とは、内裏《だいり》もしくは宮中をあらわす言葉。古い建物の軒先《のきさき》に生えるしのぶ草に、昔を懐かしむ「偲ぶ」と耐え忍ぶ「忍ぶ」を掛けて天皇の力のおとろえを嘆いている。鎌倉幕府のはじまりで、皇室の力は弱まるばかり。荒廃する屋敷を目にし、権威の衰退を痛感する歌である。

※左記の文献等を参考とさせていただきました。

『百人一首で読み解く平安時代』吉海直人、『百人一首の作者たち』目崎徳衛、『日本の恋の歌　恋する黒髪』『日本の恋の歌　貴公子たちの恋』馬場あき子（以上、角川学芸出版）／『だれも知らなかった「百人一首」』『百人一首への招待』吉海直人、『みもこがれつつ　物語百人一首』矢崎藍（以上、筑摩書房）／『百人一首全訳注』有吉保、『百恋一首』鳥越碧、『王朝貴族物語　古代エリートの日常生活』山口博（以上、講談社）／『王朝生活の基礎知識』川村裕子、『田辺聖子の小倉百人一首』田辺聖子（以上、角川書店）／『新古今和歌集一夕話』百目鬼恭三郎、『私の百人一首（愛蔵版）』白洲正子、『歌ことばの辞典』片野達郎ほか【編著】（以上、新潮社）／『平安京くらしと風景』木村茂光、『古典文学の旅の事典』西沢正史【編】、『古典文学鑑賞辞典』西沢正史【編】（以上、東京堂出版）／『日本の古代〈9〉都城の生態』岸俊男【編】、『百人一首　恋する宮廷』高橋睦郎（以上、中央公論新社）／『見る・知る・味わう「百人一首」手帖』吉海直人【監】（ナツメ社）／『こんなに面白かった「百人一首」』吉海直人【監】（ＰＨＰ研究所）『まんが百人一首大辞典』吉海直人【監】（西東社）／『小倉百人一首―みやびとあそび―』平田澄子（新典社）／『古典の中の女流歌人　上・下巻』梅原猛【監】（教育出版センター）／『王朝の歌人〈9〉藤原定家』久保田淳（集英社）／『三十六歌仙　京の歌枕』樋口茂子（光村推古書院）／『百人一首21人のお姫さま』恋塚稔（郁朋社）／『百人一首百彩』海野弘（右文書院）／『愛のうた恋のうた　新子がよむ百人一首』時実新子（廣済堂出版）／『西行　その歌その生涯』松本章男（平凡社）／『一冊でわかる百人一首』吉海直人（成美堂出版）／『一〇〇人で鑑賞する百人一首』久松潜一【監】（銀の鈴社）／『百人一首の１００人がわかる本』あんの秀子（芸文社）／『百人一首の新考察　定家の撰歌意識を探る』吉海直人（世界思想社）／『百人一首のひみつ１００』佐佐木幸綱【監】（主婦と生活社）／『尾崎左永子の語る百人一首の世界』尾崎左永子（書肆フローラ）／『王朝びとの恋』西村亨（大修館書店）／『京都の歴史〈1〉平安の隆運』仏教大学【編】（京都新聞出版センター）／『王朝絵巻　貴族の世界』鈴木敬三（毎日新聞出版）／『日本の歴代権力者』小谷野敦（幻冬舎）／『古代の人物〈6〉王朝の変容と武者』元木泰雄【編】（清文堂出版）／『平安女子の楽しい！生活』川村裕子（岩波書店）／『平安時代の信仰と生活』山中裕ほか（至文堂）／『平安王朝の時代』武光誠（世界文化社）／『百人一首のなぞ』國文學編集部【編】（学燈社）／『王朝の歌人たち』安田章生（ＮＨＫ出版）／『紫式部』沢田正子（清水書院）／『平安京の光と闇　貴族社会の実像』村井康彦【編】（作品社）／京都新聞

青春新書
INTELLIGENCE

こころ涌き立つ「知」の冒険

いまを生きる

"青春新書"は昭和三一年に——若い日に常にあなたの心の友として、その糧となり実になる多様な知恵が、生きる指標として勇気と力になり、すぐに役立つ——をモットーに創刊された。

そして昭和三八年、新しい時代の気運の中で、新書"プレイブックス"にその役目のバトンを渡した。「人生を自由自在に活動《プレイ》する」のキャッチコピーのもと——すべてのうっ積を吹きとばし、自由闊達な活動力を培養し、勇気と自信を生み出す最も楽しいシリーズ——となった。

いまや、私たちはバブル経済崩壊後の混沌とした価値観のただ中にいる。その価値観は常に未曾有の変貌を見せ、社会は少子高齢化し、地球規模の環境問題等は解決の兆しを見せない。私たちはあらゆる不安と懐疑に対峙している。

本シリーズ"青春新書インテリジェンス"はまさに、この時代の欲求によってプレイブックスから分化・刊行された。それは即ち、「心の中に自らの青春の輝きを失わない旺盛な知力、活力への欲求」に他ならない。応えるべきキャッチコピーは「こころ涌き立つ"知"の冒険」である。

予測のつかない時代にあって、一人ひとりの足元を照らし出すシリーズでありたいと願う。青春出版社は本年創業五〇周年を迎えた。これはひとえに長年に亘る多くの読者の熱いご支持の賜物である。社員一同深く感謝し、より一層世の中に希望と勇気の明るい光を放つ書籍を出版すべく、鋭意志すものである。

平成一七年

刊行者　小澤源太郎

監修者紹介

吉海直人（よしかい なおと）

一九五三年長崎県生まれ。同志社女子大学表象文化学部日本語日本文学科教授、小倉百人一首文化財団理事。専門は、平安・鎌倉時代の物語文学および和歌文学の研究。百人一首の研究者で、「異本百人一首」の発見をはじめ、さまざまな関連資料を発掘している。また、百人一首グッズのコレクターとしても知られる。主な著書に『百人一首で読み解く平安時代』（角川選書）、『だれも知らなかった「百人一首」』（ちくま文庫）、監修に『図説　地図と由来でよくわかる！百人一首』（小社刊）などがある。

図説《ずせつ》　どこから読《よ》んでも想《おも》いがつのる！
恋《こい》の百人一首《ひゃくにんいっしゅ》

青春新書 INTELLIGENCE

2016年1月15日　第1刷

監修者　吉《よし》海《かい》直《なお》人《と》

発行者　小澤源太郎

責任編集　株式会社プライム涌光
電話　編集部　03(3203)2850

発行所　東京都新宿区若松町12番1号 〒162-0056　株式会社青春出版社
電話　営業部　03(3207)1916　振替番号　00190-7-98602

印刷・大日本印刷　製本・ナショナル製本

ISBN978-4-413-04474-5